Begrabt ihn hier

von

Prof. Dr. Dr. Dr. Lutz Simon M.A.

ISBN 3-9800487-6-4
Verlag Lutz Simon
1. Auflage
Frankfurt am Main 2002

Herstellung: Books on Demand GmbH

Inhalt

Ich bin ein Mörder

Ich bin ein Mörder, der Mörder meiner eigenen Tochter, so sagte er sich. Einmal, zweimal, immer wieder! Schließlich hatte er die Einwilligung zum Abschalten des Beatmungsgeräts gegeben. Erst nachdem er nach verzweifeltem Zögern „Ja" gesagt hatte, hatten sie es getan. Waren nicht die Ärzte die Verantwortlichen? Hatten sie nicht vom Hirntod geredet, daß jedes Zuwarten keine Lösung bringen würde, daß sie niemals wieder so werden würde, wie sie einmal war. Sie würde, falls - was unwahrscheinlich war – sie jemals aufwachen würde, gelähmt sein, keine Erinnerung mehr an die Vergangenheit haben, ihn und alle, die ihr vorher lieb und teuer gewesen waren, nicht mehr erkennen. Aber stimmte das? Hätte es nicht doch eine Hoffnung gegeben; wer kennt schon Gottes Wege? Gibt es nicht auch Wunder? War es nicht zu früh gewesen, eine Entscheidung zu treffen? Alle diese Fragen, die ihn in den letzten Tagen und Stunden beschäftigt hatten, die ihn gequält, ja zermartert hatten, sie hatten auch nach der Entscheidung, die er getroffen hatte, kein Ende. Das Einzige, was anders war, war die Endgültigkeit, die Unabändbarkeit und damit das endgültige Erlöschen der Hoffnung, die ihn bis zum letzten Augenblick, wenn auch nur wie eine langsam verlöschende Kerze, umgeben hatte. Er hatte diese Kerze ausgeblasen und wunderte sich jetzt, nur noch Rauch und kein flackerndes Licht zu sehen.

Konnte man Gott ins Handwerk   pfuschen? Er hatte den Ärzten und ihren Argumenten vertraut und danach entschieden. Auf einen Nenner gebracht, der Kranken nutzt eine weitere Behandlung nichts. Sie merkt nichts. Das Leben an Schläuchen ist doch kein Leben! Und dann die Kosten! Oder war das der entscheidende Punkt? Es kostet sehr viel, die Aussicht auf Erfolg ist Null und wir brauchen das Bett für Patienten, denen wir eher helfen können! Er hatte auf ihre Argumente gehört, sie schienen ihm plausibel. Jetzt aber waren sie ihm zu oberflächlich, zu rationell! Doch es war zu spät, es wurde ihm nun mit ungeheuer großer Gewalt bewußt. Sie war nicht mehr da, sie war jetzt endgültig von ihm gegangen. Oder war das schon der Fall, als er sie zum ersten Mal nach ihrer Operation im Bett sah. Bleich lag ihr kleines Gesichtchen in den Kissen, ruhig und ausgeglichen. Fast schien es, als würde sie lächeln, als er ihre Wangen küßte. Er erinnerte sich an die Zeit, als sie am Blinddarm operiert worden war und matt und erschöpft im Bett lag. Als er sie damals umarmt hatte, war sie aufgewacht und hatte ihn und seine Frau angestrahlt und leise mit verschmitztem Unterton gesagt: „ Ich glaube, ich habe lange geschlafen!" In der Folgezeit hatte er immer wieder gehofft, daß sie jetzt wieder aufwachen würde. Er hatte unzählige Gebete zum Himmel gerichtet, aber sie waren nicht erhört worden. Und nun war das Abschiednehmen gekommen. Er konnte sich nicht vorstellen, daß der Weg von hier zum Friedhof führen würde. Allein die Vorstellung an die Gespräche mit den Angestellten des Beerdigungsinstituts, die Benachrichtigung der Freunde und Verwandten und dann die Zeremonie selbst. Wie sollte er so etwas durchstehen. Nein, alles das war so unwirklich. Hier das schlafende...oder tote Kind?

Es war ihr einziges Kind gewesen. Trauert man weniger, ist man nicht so allein, wenn man mehrere Kinder hat? Wie sollte man es Mutter sagen? Mußte man nochmals mit dem Chefarzt reden, sich bei der Stationsschwester bedanken, Geld für die Kaffeekasse geben? All diese Fragen seiner Frau – er hörte sie nicht – er war nicht hier, seine Gedanken waren weit weg, in der Ferne. Die Vergangenheit kam ihm in den Sinn. Das lustige Herumtollen auf der Wiese, wie sie dann später von der Schaukel gefallen war, sich beim Rodeln die Knie aufgeschürft hatte. Er sah sie stolz mit ihrer großen Schultüte, er hörte sie schreien, sich mit Nachbarskindern zanken. Sie hatten in großem Kreise ausgelassen auf das Abitur angestoßen. Er und seine Frau hatten Angst gehabt, wenn sie spät von Einladungen und Rendezvous nach Hause gekommen war. Sie waren erleichtert, wenn ihr nichts passiert war. Sie hatte ihnen ihre großen Lieben vorgestellt. Über den Abschluß ihrer Berufsausbildung hatten sie sich gefreut, ihre Hochzeit romantisch mit vielen Gästen gefeiert. Sie war, wie man so sagt, eine schöne und glückliche Braut gewesen. Das war nun alles unwiederbringlich vorbei. Er wurde durch ein Wort seiner Frau aus seinen Gedanken gerissen: „Wir müssen dankbar sein, daß es sie gab. Kinder sind nur geborgt.“ Was gab es danach noch hinzuzusetzen?

Begrabt ihn hier

Es war schon fast 10 Jahre her, als er das letzte Mal in Deutschland gewesen war. Den Kontakt mit den Kindern hatte er nach dem Tode seiner Frau nach und nach verloren. Zunächst war er zu den Geburtstagen der Enkelkinder - er hatte drei Enkelinnen und einen Enkelsohn - noch in die alte Heimat geflogen und 4-8 Wochen geblieben, später hatte er dann nur noch Weihnachten wie zu früheren Zeiten mit seiner Frau bei den Kindern verbracht. Meist hatten er und seine Frau Ende November die Reise ins naßkalte Deutschland angetreten und waren von Mitte bis Ende Januar geblieben. In Deutschland hatten sie oft bei Kurt und seiner Familie gewohnt. Kurt wohnte in einem geräumigen Haus mit einem freundlichen, nicht sehr großen Gästezimmer. Zunächst hatten sie es bei ihren Aufenthalten übernommen, die beiden Enkelkinder in den Kindergarten zu bringen. Später war seine Frau für die Familie einkaufen gegangen und hatte das Mittagessen vorbereitet. Nachmittags, wenn Schwiegertochter Erika von ihrer Tätigkeit aus dem Supermarkt nach Hause kam, hatte sie, die Oma, Knöpfe an Hosen genäht und den gerissenen Saum an den Kleidchen der Enkeltöchter Maria und Angelika wieder ausgebessert, Socken gestopft, gebügelt und die Wäsche gewaschen. Zum Geburtstag von Franz,, dem zweiten Sohn, waren sie meist Ende November nach Schwäbisch Hall gefahren. Er lebte dort mit seiner Frau Helga und dem Sohn Wolfgang, genannt Wölfi. Franz war bei einer Versicherung angestellt, Helga war zu Hause, versorgte Haus und Familie. Eigentlich hatte sie - zumindest zu Beginn der Ehe - in ihrem erlernten Beruf als Bibliothekarin arbeiten wollen. Weil Franz aber meinte, ein Kind brauche seine Mutter, sonst würde es kein anständiger Mensch, war sie zu Hause geblieben.

Inzwischen hatte sie sich an Haushalt und den stets gleichen Tagesablauf gewöhnt. Sie hatte alles und zu jeder Zeit im Griff, d.h. die Wohnung war stets sauber, alles war aufgeräumt. Franz ging jeden Tag mit frischem Hemd, gut gebügelten Hosen einem faltenfreien Jackett mit weißem Einstecktuch ins Büro. Gäste hatten Franz und Helga sehr selten, sie waren keine besonders interessanten Gastgeber. Ihr waren eigentlich die Vorbereitungen zu anstrengend, man mußte so viel vorbereiten, kochen, putzen, aufräumen und dann kam der Abend selbst. Man mußte sich unterhalten. Sie erfuhr ja nichts Neues und deswegen war es eher still. Wenn Franz nach Hause kam, wurde gegessen, man sah die Tagesschau, vielleicht einen Film und ging dann ins Bett. Das änderte sich eigentlich nur, wenn die Schwiegereltern im November für 3 Wochen zu Besuch kamen und zu Weihnachten, wenn die ganze Familie zu Erika nach Wiesbaden fuhr, um gemeinsam die Festtage zu begehen.
Die Weihnachtstage waren immer nach dem gleichen Schema abgelaufen. Heiligabend früh Baum schmücken, mittags eine Suppe, (Erbsen- oder Kartoffelsuppe), dann gingen die Erwachsenen schlafen, die Kinder quengelten herum oder stritten sich. Gegen Abend ging ein Teil der Erwachsenen mit den widerstrebenden Kindern in die Kirche, danach - und das war jedes Jahr Gegenstand von Diskussionen - entweder erst Abendessen und dann Bescherung oder

umgekehrt. Die nächsten Tage bestanden aus langem Ausschlafen, fettem Essen und viel Wein, Bier und Schnaps, langem Reden und spätem Schlafengehen. Dann fuhren Franz und Familie heim. Opa und Oma besuchten Freunde aus alten Zeiten und bereiteten sich langsam auf die Rückreise auf die Insel vor. Die Kinder und Enkelkinder kamen meist in den großen Ferien zu ihnen in den Süden zum Sonnen und Schwimmen. Da das Haus nicht groß war, kam Kurt aus Wiesbaden mit Familie meist zu Beginn der Sommerferien im Juni, Franz mit Frau und Enkelsohn Anfang August. Das hatte sich als Turnus für Jahre herausgebildet, änderte sich jedoch mit Omas Tod. Opa war zwar in den ersten beiden Jahren - Oma war jetzt 12 Jahre tot - noch zu Weihnachten nach Deutschland gekommen, aber schon nicht mehr im November, sondern erst 10 Tage vor dem Fest. Er war dann auch schon am 10. Januar nach Hause auf die Insel im Süden geflogen. Angeblich, so erklärte er, weil er nach dem Haus sehen müsse. Tatsächlich hatte er sich ohne seine Frau bei Kindern und Enkelkindern nicht mehr wohlgefühlt. Die Enkelkinder waren inzwischen erwachsen und aus dem Haus. Ein großer Teil der Freunde in Deutschland war gestorben. Und so hatte Opa keine Beschäftigung mehr bei seinen Besuchen in Deutschland. Außerdem hatte er den Eindruck, daß er zwar geduldet, aber nicht unbedingt begeistert für längere Zeit beherbergt wurde. Die Stimmung war anfangs recht gut, später merkte er jedoch aus Mimik und Gestik, daß er nach mehreren Tagen eher als störend empfunden wurde. Es gab wenig Gemeinsames zwischen ihm und den Söhnen, den Schwiegertöchtern und den Enkelkindern.
Man redete an einander vorbei, reagierte gereizt auf seine Vorschläge. Er war deshalb immer kürzer in Deutschland gewesen und auch die Familien der Söhne kamen immer weniger zu ihm auf die Insel. Anfangs hatte man ab und zu noch geschrieben und telefoniert, dann hatte das abgenommen, bis die Beziehungen seit ca. 4 Jahren gänzlich eingeschlafen waren. In Deutschland hatte jeder mit sich selbst zu tun und dort hatte man Opa eigentlich vergessen. Ab und zu hatte man mal im Familienkreis über ihn gesprochen und gemeint, man müsse sich, wenn Opa krank sei, überlegen, was zu tun sei und was mit dem Haus werde. Aber weil das Problem nicht akut war, war man bald zur Tagesordnung übergegangen und hatte nicht weiter darüber nachgedacht oder etwas getan. Opa hatte auf der Insel gelebt wie immer.
Er hatte sich selbst versorgt, so gut er konnte. Frühstück und Abendbrot hatte er selbst bereitet, war einkaufen gegangen, hatte seinen Mittagschlaf in der größten Hitze gehalten, war einmal früh um 9 Uhr und abends um 18 Uhr schwimmen gegangen und hatte sich dann um 21 in seiner Stammkneipe 2-3 Gläser Rotwein gegönnt. Er hatte mit Hans, selbst Witwer wie er, geklönt. Ab und zu hatten sie mit Trude, einer Junggesellin von 68 Jahre, aus Passion Canasta gespielt, sonst hatte er viel gelesen und ein wenig das fremdsprachige Programm des Fernsehens gesehen, das er inzwischen verstehen konnte. Im großen und ganzen war er mit seinem Leben zufrieden. Was ihn immer wieder am meisten wehmütig berührte, war das Fehlen seiner Lebensgefährtin. Seit dem Tod seiner Frau war nicht mehr alles so wie früher. Aber so gut er konnte, hatte er sich damit abgefunden.

Das war nun alles Vergangenheit. Heute hatten sich die Söhne, die Schwiegertöchter und die älteste Enkeltochter bei strahlenden Sonnenschein und klarem blauen Himmel im Haus von Vater bzw. Opa auf der Ferieninsel zusammengefunden.
Vater war vor 2 Tagen gestorben. Der Leichnam war noch im Krankenhaus. Die Auseinandersetzung über die Aufteilung der Erbschaft hatte bereits stattgefunden. Mehr als 6 Stunden hatten alle lautstark um jeden Gegenstand des Hauses hier auf der Insel gestritten. Sachen, die niemals jemand gebrauchen würde, hatte jeder als besonders wichtig empfunden. Vater hätte gewiß - wenn er daran gedacht hätte - gerade dem die Gegenstände vermacht, der sie aus einem besonders wichtigen vernünftigen oder gefühlsmäßigen Grund hätte haben wollen. Aber so hatten plötzlich Enkeltöchter Krawattennadeln und Manschettenknöpfe bekommen, weil sie der Vater und der Onkel, also die Söhne des Verstorbenen nicht wollten. Den Rest der Verteilung spare ich mir. Hier und jetzt ging es um bedeutende Dinge, z. B. die Frage, wo und wie die Beerdigung stattfinden sollte. Kurt und Erika waren für Wiesbaden, Franz und Helga für Schwäbisch Hall. Als Argument wurde von beiden Seiten angeführt, Opa hätte sich doch bei Ihnen so wohlgefühlt. Dabei wurden Erinnerungen an gemeinsame Tage mit Opa und Oma bemüht. Wie schön es doch war, wie froh Opa gewesen war. „Weißt Du noch, daß er richtig angetrunken war, weil er so viel Bier getrunken hatte." „Aber bei uns hat er gesagt, er habe zum ersten Mal richtig gut geschlafen." Immer wieder schallten die Worte „Schwäbisch Hall" und „Wiesbaden" durch den Raum. Es wurde immer lauter diskutiert, Lösungen gab es nicht. Wenn zunächst noch Argumente für die Bestattung am Wohnort der jeweiligen Familie vorgetragen wurde, wurde die Auseinandersetzung später unsachlicher und bissiger. Schließlich brüllten sich alle gegenseitig an, beschimpften einander und warfen sich mangelnde Fairneß und Eigensucht vor. Und es fehlte nicht viel, so wären sie sich alle an den Kragen gegangen.

Plötzlich - alles schrie durcheinander - klingelte es. Alle verstummten, Maria, die älteste Enkeltochter, ging zur Tür und öffnete. Vor der Tür stand Hans, der letzte Freund von Opa und schaute unsicher auf die versammelte Runde unbekannter Gesichter. Kurt kam seiner Tochter zur Hilfe und fragte den alten Mann, der vor der Tür stand: „Wer sind Sie und was wollen Sie?" „Ich wollte nur nach meinem Freund Peter sehen", sagte der alte Mann. „Wer ist das denn?", fragte Kurt. Der alte Mann sah sich um und erklärte dann unsicher, „das ist doch mein Freund". Das war offensichtlich das Stichwort für alle. Es redeten auf einmal alle durcheinander und auf Hans ein.. Ohne ihm mitzuteilen, daß sein Freund Peter gestorben war, überschütteten sie ihn mit der Frage, ob die Beerdigung seines Freundes in Schwäbisch Hall oder Wiesbaden besser sei. So ging das eine Zeitlang hin und her; nur die Rollen wechselten permanent. Hans stand perplex da und wußte nicht, wie mit ihm geschah. Er starrte hilflos vor sich hin. Zunächst konnte man nicht hören, was er leise sagte. Es wurde langsam ruhiger und Franz fragte ihn, was er meine. Hans wiederholte seine kurze Antwort, nachdem er die Runde der Anwesenden genauer betrachtet hatte: **„Begrabt ihn hier!"**

Begegnung am Friedhof

Ich hatte ihn schon zweimal flüchtig gesehen. Er hatte immer am gleichen Grab am Hauptfriedhof gestanden. Er trug einen schon etwas in die Jahre gekommenen braunen Anzug.. Die weißen Haare, die im Lauf der Zeit schütter geworden waren, unterstützten zusammen mit seiner leicht nach vorn gebückten Haltung den Eindruck, daß er vor der Zeit gealtert war. Bei meinen täglichen Spaziergängen— nein, ich gehe nur an den drei Tagen in der Woche durch den Friedhof - fiel er mir auf. Ich habe es mir angewöhnt, diese Zeit als Geschenk zu sehen, denn hier – man kann sagen, nur hier - komme ich am Tage und dazu auch noch früh am Tage zum Nachdenken. Um diese Zeit begegnen mir fast keine Besucher und noch keine Trauergäste. Ich wähle fast immer einen anderen Weg. Wenn ich ehrlich bin, stimmt auch das nicht, eigentlich lasse ich mich nur treiben, wobei nur die Grundrichtung, d.h. der Ausgang feststeht. Es war also ein Zufall, daß ich im Abstand von wenigen Malen immer wieder an dem gleichen Gang und dann auch noch am selben Grab vorbeikam. Jedesmal konnte ich schon von weitem den Mann mit dem braunem Anzug sehen, egal, ob die Sonne schien, es trübe war oder es angefangen hatte zu regnen. Anfangs war ich schnellen Schrittes an dem Grab vorbeigegangen. Man stört nicht ohne Grund Menschen, die trauern. Dann beim dritten oder viertem Mal begann ich plötzlich, Interesse an dem Mann zu gewinnen. Warum kam er jeden Tag? Was trieb ihn in dieser Regelmäßigkeit hierher? In den folgenden Tagen lenkte ich meine Schritte ganz automatisch in die Richtung dieses Grabes und ich wäre sicher enttäuscht gewesen, wenn ich diese Gestalt – bisher hatte ich ihn nur von hinten gesehen - eines Tages nicht vorgefunden hätte. Drei verschiedene Vorgänge hatte ich bisher entdecken können. Einmal lockerte er mit einem kleinen Schäufelchen die Erde, zupfte das wenige Unkraut heraus. Ein anderes Mal holte er Wasser und begoß die wenigen Blumen, es waren Alpenveilchen, die die Erde vor dem Grabstein flächig bedeckten. Und wieder in einem anderen Moment stand er dort mit gefalteten Händen, die er vor seinem Bauch nach unten hielt. Den Kopf hatte er nach unten gesenkt. Das war meist der Abschluß der Zeremonie, danach entfernte er sich meist schnellen Schrittes. Ich hatte das erkundet, nachdem mir meine Neugierde keine Ruhe mehr gelassen hatte und ich vor einigen Tagen von Ferne im Schatten einer großen Ulme gestanden hatte, um den Vorgang in seinem gesamten Ablauf zu beobachten. An den folgenden Tagen hatte ich festgestellt, daß der Besuch des Mannes am Grab stets nach der gleichen Prozedur, vielleicht sollte ich lieber sagen Zeremonie ablief. Endlich an einem regenverhangenen Novembertag, ich habe mich später oft gewundert, woher ich den Mut nahm, kam ich auf meinem Gang durch den Friedhof an dem Grab vorbei. Dieses Mal hatte ich mich etwas verspätet, bevor ich ging, hatten meine Frau und ich noch einmal den Ablauf der heutigen Einladung durchgesprochen und jetzt war ich in Eile. Ich wählte schon seit geraumer Zeit immer den gleichen Weg. Der Mann im braunen Anzug gehörte einfach zu meinem Spaziergang. Unvermittelt trat der Unbekannte vom Grab weg, als ich hastigen Schrittes dort ankam. Er stieß fast mit mir zusammen, wir standen uns gegenüber. Jetzt konnte ich ihn zum ersten Mal genau sehen. Der Anzug, den ich schon kannte, war an den Revers vom vielen Tragen glänzend. Das weiße Hemd sah auch nicht besonders neu aus. Man merkte, wenn man ihm näher gegenüberstand, daß es vom vielen Reinigen am Kragen schon ein wenig abgeschabt war. Der Schlips wirkte auch etwas altmodisch, auf braunem Untergrund im Abstand von einer handbreit ein grüner schräger Streifen. Der Knoten wirkte unförmig am Hals und paßte so gar nicht zu dem eher schlanken, um nicht zu sagen ausgezehrten Mann. Die Hose war an den Knien etwas ausgebeult und auch der Schnitt des Anzugs wirkte etwas altmodisch. Das Gesicht war bleich, von vielen Furchen durchzogen. Die Augen wirkten ernst und verschwommen. Er blickte mich erstaunt und gleichzeitig erwartungsvoll an. Da faßte ich mir ein Herz und fragte ihn: „Das muß ein Mensch sein, den Sie sehr lieb hatten, wenn Sie jeden Tag hierher kommen? Er drehte sich nur halb um, streckte seinen rechten Arm aus und deutete mit dem Zeigefinger Richtung Grab, dann sagte er leise, daß es kaum zu hören war:„ Autounfall – Frau und beide Kinder!" Dann drehte er sich langsam um und ging schnellen Schrittes von dannen. Ich habe es in den nächsten Tagen nicht mehr fertiggebracht, an dieser Stelle des Friedhofs vorbeizugehen. Kurz darauf kamen die Ferien. Später habe ich ihn nicht mehr gesehen.

Der Abschied

Sie machte sich nichts vor, wiedersehen würde sie ihn bestimmt nicht mehr. Auch wenn er das Gegenteil ausdrücklich und unaufhörlich versicherte. Sicher hatten sich die Zeiten geändert. Es war anders zu den Zeiten, als die Auswanderer mit dem Schiff von Hamburg aus aufbrachen, um die neue Welt in Australien zu besiedeln. Heute flog man mit dem Flugzeug fast 2o Stunden und wenn es einem nicht gefiel und man Geld für den Rückflug gespart hatte, konnte man wieder in die alte Heimat fliegen. Aber Martin war nicht so ein Mann. Er würde nicht erfolglos nach Hause kommen und seine Niederlage eingestehen. Er war immer ehrgeizig gewesen, vielleicht sogar etwas zu sehr. Erfolge zählten für ihn, für sie nahm er Strapazen in Kauf, opferte Bequemlichkeit, Sicherheit. Dabei hätte er es hier in seiner Heimat durchaus zu etwas bringen können. Seine Fähigkeiten waren hier gefragt, er hatte eine einträgliche Stellung, eine nette Wohnung. Sie hatten heiraten wollen, bis ihn ein Jugendfreund für das Entwicklungsprojekt begeistert hatte. Er hatte ihr daraufhin in den glühendsten Farben ausgemalt, welche Aufgabe er dort haben würde, daß er zum ersten Mal in seinem Leben etwas Sinnvolles in Angriff nehmen würde. Sein Projekt würde den Ärmsten der Armen helfen. Er konnte die Menschen dazu bringen, ihr Leben selbst in die Hand zu nehmen. Er würde ihnen zeigen, wie man Häuser baut, wie man Felder bewässert. Den Kindern könnte er eine neue, bessere Zukunft ermöglichen. „Das macht das Leben erst sinnvoll, nicht die Arbeit hinter einem Schreibtisch, um irgendwelchen Betrügern Geld ins Haus zu bringen, damit sie sich eine noch größere Yacht kaufen konnten, ein schöneres Auto fahren und sich die Frauen bei einem Cocktail am Swimmingpool gegenseitig ihren neuesten Schmuck vorführen konnten", sagte er. „Siehst Du nicht, daß das wahres Leben ist?" Sie wußte nicht viel darauf zu antworten, nur daß auch Zufriedenheit zu Hause möglich ist, daß man auch hier Gutes tun kann, daß nicht alles schlecht hier ist und seine Hilfe nur der Tropfen auf einen heißen Stein sein würde. Das Argument, daß sie sich gegenseitig verlieren würden, wagte sie nicht in die Waagschale zu werfen. Hätte es bei den hehren Aufgaben, die er schilderte, überhaupt Gewicht? Sie war traurig, daß er ihre Beziehung, ihr Liebe nicht einmal ansprach. Sie schaute ihm noch nach, als er durch die Paßkontrolle am Flughafen ging und ihr lächelnd zuwinkte. Dann war er verschwunden. Sie stieg in die S-Bahn und fuhr nach Hause. Nach vierzehn Tagen bekam sie seinen ersten Brief, er war zwei Tage nach seiner Ankunft in Eritrea geschrieben und strahlte Glück und freudige Erwartung auf seine bevorstehenden Aufgaben aus. Viel gesehen hatte er noch nicht. Er war mit einigen Leuten der Entwicklungshilfe zusammengetroffen, aber mit den Hilfsbedürftigen, mit Land und Leuten war er noch nicht in Berührung gekommen. Morgen sollten sie von der Hauptstadt aus aufs Land fahren. Er wartete offensichtlich voller Ungeduld darauf. Der Brief schloß mit Grüßen und einer Beteuerung seiner Liebe für sie. Nach einem Jahr und nachdem er sie in vielen Briefen gedrängt hatte, ihn im Urlaub doch einmal zu besuchen, hatte sie es wahr gemacht. Sie saß wieder im Flugzeug nach Hause und ihre Gedanken gingen spazieren. Liebten sie sich noch? Ja, das war sicher. Würde sie wieder hierher fahren? Sollte auch sie ihre Heimat verlassen und zu ihm ziehen? Was würde geschehen, wenn sie sich nicht mehr lieben würden. Hätte die Aufgabe ihrer Stellung, ihrer Umgebung, des Elternhauses, ihrer Freunde dann keinen Sinn mehr? Würde sie es dann bereuen? Wenn sie ihm folgen würde, müßte das aus sich heraus geschehen, nicht weil sie ihn liebte, sondern weil sie in dem Leben in diesem fremden Land einen eigenen Sinn sehen konnte, wenn sie die Aufgabe, die sie übernehmen würde, begeisterte, wenn sie überzeugt davon wäre. Was wäre reizvoll für sie, was würde sie abstoßen? Die Lebensumstände waren alles andere als schön. Hygiene, kulturelle Ereignisse, interessante, gebildete Menschen, alles das gab es hier nicht. Es gab auch keine Abwechslungen. Jeder Tag war wie der vorherige. Krankheit, Hunger, Schmutz von früh bis spät. Die Landschaft bot ebenfalls keine Idylle zum Träumen, wenn man von den Sonnenauf- und − untergängen einmal absieht. Aber auch dazu hatte man weder Zeit noch stand einem der Sinn danach. Folgte man der Vernunft, gab es kein, aber wirklich gar kein Argument, in die trostlose Hitze, den Staub zu reisen und hier zu arbeiten. Auch die Arbeit, die zu verrichten war, entsprach nicht etwa ihrer Ausbildung. Dies alles hätte man sich auch ohne große Kenntnisse in Betriebswirtschaftslehre, für die sie Tag und Nacht bis zum Examen gebüffelt hatte, aneignen können. Eine handwerkliche Fähigkeit oder Kenntnisse von medizinischen Handreichungen hätten mehr genutzt. Was sollte sie dann hier? Irgend etwas hatte sie fasziniert, hatte einen Funken in ihr entzündet. Sie wollte es sich nicht eingestehen, aber allein die Tatsache, daß sie mit dem Gedanken spielte, ihre Zelte in der Heimat abzubrechen, machte ihr klar, daß sie nicht unberührt von diesen Erlebnissen geblieben war. Sie war eigentlich ein rational denkender Mensch, so hatte sie bisher gedacht und auch die berufliche wie private Umwelt hatte sie niemals anders eingeschätzt. Es konnten doch nicht die traurigen Augen der Kinder bei der Essensausgabe sein, die sie angesehen hatten. Das Leuchten dieser Augen, wenn sie die weiße Frau freundlich angeblickt hatten, die Hoffnung, die sie in ihren Gesichtern entdeckt hatte. Die Erwachsenen lächelten scheu und schauten sie dankbar an, wenn sie ihnen im Krankenhaus, einem kleinen Zelt, einen Verband anlegte, eine der wenigen Tätigkeiten, die sie konnte. Daneben hatte sie Suppe aus einem großen Kessel verteilt. Das waren die einzigen Handlungen im Lager gewesen und das auch nur, weil Martin zwei Tage zu einem Leck an einer Wasserleitung über Land fahren mußte und sie nicht mitnehmen konnte, weil er noch zwei Mann und Gerät transportieren mußte. Sonst hatten sie in den zwei Wochen, in denen sie hier gewesen war, einige Ausflüge in die Umgebung gemacht, hatten einige reizvolle Landschaften gesehen, exotische Tiere beobachtet und waren in der Hauptstadt auf den Gemüse- und Viehmarkt gegangen. Aber all dieser Folklore-Kolorit war ihr nach den zwei Tagen im Lager als unwichtig erschienen. Diese beiden Tage, die ausgemergelten Gestalten, besonders aber die Kinder gingen ihr nicht aus dem Kopf. Als sie wieder zu Hause angekommen war, ging der normale Alltagstrott wie gewöhnlich weiter. Ab und zu bekam sie einen Brief von Martin, in dem er seine Tätigkeit und einige Projekte beschrieb, mit denen er sich gerade beschäftigte. Ihr Aufenthalt war inzwischen schon acht Monate her und sie dachte nur selten an diese Zeit zurück. Durch Zufall sah sie dann im Fernsehen einen Film über ein Lager in einem Staat in Afrika. Man zeigte Kinder in einer Essensschlange, wieder sah sie die großen Kinderaugen und sie erinnerte sich. Diese Augen wehmütig, vertrauensvoll, voller Zutrauen und Hoffnung, sie gingen ihr in den nächsten Tagen immer wieder durch den Kopf. Endlich war sie sicher, sie würde nach Afrika gehen. Und das geschah unabhängig von Martin, sie wußte, das war ihre Aufgabe, dazu war sie vom Schicksal bestimmt. Je mehr sie sich damit beschäftigte, desto gewisser wurde es. Sie besprach ihr Vorhaben mit den Eltern, Freunden, alle waren entsetzt. Alle Bedenken, die sie gehabt hatte, wurden ihr nochmals vor Augen gehalten, aber es konnte sie nichts mehr umstimmen. Sie kündigte ihr Arbeitsverhältnis für Ende nächsten Monats, einigte sich mit dem Vermieter auf einen Nachmieter, den sie ausfindig gemacht hatte, und begann, die wichtigsten Sachen zusammenzupacken, kaufte einige Kleidungsstücke ein und verabschiedete sich langsam von Freunden und Bekannten. Die Abreise war jetzt nur noch etwa 14 Tage entfernt. Martin hatte sie noch nichts geschrieben. Da erhielt sie plötzlich einen Brief von ihm. Er strahlte eine gewisse Depression, zumindest eine große Unsicherheit aus. Martin zweifelte an seiner Entscheidung, nach Afrika zu gehen, an seinen Fähigkeiten, an den Projekten, die teilweise wegen Geldmangel nicht durchgeführt werden konnten. Der Brief schloß mit den Worten „Schreib mir bitte, was ich machen soll. Soll ich nach Hause kommen oder hier weiterarbeiten?" Sie schrieb nur kurz zurück, "Ich komme am nächsten Mittwoch um 15 Uhr Ortszeit an, hol mich bitte ab!" Er holte sie bei ihrer Ankunft am Flughafen ab. Er wunderte sich über das viele Gepäck und sagte mit fragendem Blick: „Du hast soviel Gepäck, als wolltest Du für immer hier bleiben", und schmunzelte. „Ist damit Deine Frage aus dem Brief beantwortet?", antwortete sie. Er drückte sie an sich.

Schicksal

Er war stets ängstlich gewesen, hatte alles gemieden, was ihm gesundheitlich hätte schaden können. Flugzeuge benutzte er nie, Bahn und Auto waren seine Fortbewegungsmittel, wenn es denn sein mußte. Sympathischer war es ihm jedenfalls, wenn er alle Angelegenheiten vom Schreibtisch aus lösen konnte und nicht irgendein Verkehrsmittel benutzen mußte. Er war felsenfest davon überzeugt, daß ihm eine der technischen Errungenschaften einmal zum Verhängnis werden würde. Er wollte jedenfalls alles tun, um diesen Umstand so gut wie möglich zu verhindern, ihn jedenfalls, wenn es das Schicksal so wollte, zumindest hinauszögern. Aus diesem Grund kamen auch Urlaubsreisen in ferne Länder außerhalb Europas schon nicht in Betracht. Auch wenn diese nur durch tagelange Zugreisen erreichbar waren, schieden sie als Reiseziele aus, da die Gefahr bei einer derartigen Reise ungleich größer als bei Kurzreisen waren. Schon aus statistischen Gründen erschien ihm dies plausibel. Während seines Studiums war er in Statistik immer gut gewesen. So legte er danach nicht nur im Beruf immer Wert auf statistische Untermauerung - er war in der Innenrevision einer Firma tätig – nein, auch im privaten Bereich war Statistik ein nicht zu vernachlässigender Faktor. Dementsprechend wußte er genau Bescheid, wie die Unfallstatistik für die einzelnen Beförderungsmittel standen. Er war jedoch etwas skeptisch, ob die Statistik bezüglich der Unfallhäufigkeit von Autos und Flugzeugen stimmte. Neulich wurde seine Skepsis bestätigt. Er hatte in der Zeitung gelesen, daß die Argumentation, das Flugzeug sei das sicherste Verkehrsmittel, nicht zutreffe. Der Ausgangspunkt der Untersuchung, so schrieb der Autor, sei falsch. Man dürfe nicht die geflogenen Kilometer mit den gefahrenen Kilometern im Auto in Vergleich setzen, sondern die Zahl der Starts mit der Benutzung des Autos, dann kämen andere, für das Flugzeug ungünstigere Werte heraus. Das leuchtete ihm ein und bestärkte seine Ansicht. Er verfolgte jeden Flugzeugunfall in der Zeitung und im Fernsehen. Jeder dieser Unglücksfälle bestärkte ihn in seiner Ansicht, daß es eben beim Besteigen eines Flugzeugs, bei langen Zugfahrten und bei dauernder Benutzung des Autos unweigerlich zu einem Unfall kommen mußte. Ich hatte jetzt schon einige Zeit nichts mehr von ihm gehört.

Neulich stieß ich auf seinen Namen in der Zeitung. Es war eine Todesanzeige. Ich ging zur Beerdigung, ich hatte ihm nicht besonders nahe gestanden, aber die Umstände seines Todes interessierten mich schon. Nach der Beerdigung saß ich mit einigen Freunden, die in letzter Zeit Kontakt gehabt hatten, zusammen und fragte auch nach der Todesursache. Sie grinsten etwas und erklärten mir dann, wie es dazu gekommen war. „Du weißt doch", dabei verzogen sich die Gesichter zu einem mitleidigem Lächeln, „daß er immer panische Angst vor Verkehrsmitteln aller Art hatte." „Das Kuriose ist, daß sein Tod mittelbar auf ein Verkehrsmittel zurückzuführen ist." Von einem Flug- oder Zugunglück hatte ich weder etwas gelesen noch gehört. „Hatte er einen Autounfall?", fragte ich. „Ja, so kann man es auch sagen", erhielt ich als Antwort. Also Joe, so war sein Spitzname, hatte am

Straßenrand gestanden und auf ein Taxi gewartet. Als es nicht kam, ging er auf die andere Seite zu einer Telefonzelle, um noch einmal anzurufen. Irgendwie war er in Gedanken gewesen. Er hatte nicht aufgepaßt, als er auf die Straße ging und war von einem Auto angefahren worden. Es war nur eine kleine Verletzung gewesen, im Krankenhaus waren seine Schürfwunden behandelt worden. Eine Generaluntersuchung hatte eine Fistel in der Nase zutage gebracht. Er war dann am nächsten Tag operiert worden und man sollte es nicht für möglich halten, er war bei der Operation gestorben. Er hatte ein schwaches Herz. Eigentlich ein Witz, nicht wahr? Er hatte recht. Er ist durch ein Verkehrsmittel ums Leben gekommen, allerdings nicht so, wie er dachte!

Der 93. Stock

Gelassen räumte er seinen Schreibtisch auf. Er legte das Schreibmaschinenpapier zusammen und schob den Stapel sorgfältig in die unterste rechte Schreibtischschublade. Dann begann er, die Kugelschreiber und Marker zu sortieren und sie auf der Schreibunterlage auszurichten. Er machte das am Abend immer so, bevor er sein Büro verließ. Jetzt aber nur, weil es zu seiner Lebensgewohnheit gehörte. Er hatte ordentlich, vielleicht sogar pedantisch, wie seine Frau meinte, gelebt, also würde er auch so sterben. Daß es in wenigen Minuten zu Ende sein würde, war ihm schon klar gewesen, als er aus reinem Zufall gesehen hatte, wie das Flugzeug in den Turm gegenüber eingeschlagen hatte und eine riesige Feuerwolke aus den zerborstenen Fenstern geschlagen war. Er hatte Menschen aus einem Fenster springen und in die Tiefe fallen sehen. Seine Sekretärin war voller Angst zu ihm ins Zimmer gelaufen und hatte ihn beschworen, mit ihr und den anderen Angestellten der Firma über die Treppen nach unten zu laufen. Er hatte gesagt, sie sollten schon vorgehen, er werde gleich nachkommen. Er wußte aber, daß es keinen Sinn hatte. Zuerst hatte er sich noch eine kleine Chance ausgerechnet, trotz seiner Behinderung, er hatte seit dem Unfall auf der 5th Avenue ein steifes rechtes Bein, aus dem Gebäude zu kommen. Als er dann aber den Einschlag und das Getöse über ihm hörte, wußte er, daß er mit Sicherheit keine Chance mehr hatte, das Bürogebäude lebend zu verlassen. Das hatte ihn zwar einige Momente in Aufregung versetzt, dann wurde er aber wieder ruhig. Er erhob sich, ging zum Fenster und sah , wie in die Spitze des Turmes gegenüber plötzlich Bewegung kam. Wie in einem Baukasten stürzte der Turm mit einem infernalischen Getöse in einer Staubwolke aus zersplitterndem Glas, Beton, Holz und Stahl in sich zusammen. Er wandte sich ab. Es erschien ihm irgendwie unwirklich, so als wenn er in einem Traum ein Erlebnis hätte, daß beim Wachwerden vergessen wäre. Er wandte sich um, rieb sich die Augen und entdeckte, als er wieder nach drüben sah, daß der Turm gegenüber verschwunden war; geblieben war eine riesige graue Wolke. Er wandte sich ab und wartete auf die nächste Stufe. Es war wohl nur eine Frage der Zeit, wann dieses Gebäude einstürzen würde. Hier oben war es still. Er lauschte, er war offensichtlich allein. Die sonstige Geschäftigkeit war einer lähmenden Stille gewichen. Was über oder unter ihm geschah, konnte er zwar vermuten, interessierte ihn jedoch nicht. Er saß hier an seinem Arbeitsplatz, an der Stelle, die ihm in den letzten 15 Jahren zur zweiten Heimat geworden war. Seine Frau hatte ihn vor zwei Jahren mit den Kindern verlassen, weil er zu wenig Zeit für die Familie gehabt hatte, wie sie ihm erklärte. Und so hatte er sich noch mehr in die Arbeit gestürzt, auch am Wochenende. Jetzt war die Arbeit zu Ende, er hatte seinen Arbeitsplatz in ordnungsgemäßem Zustand hinterlassen. Sicher mußte er auf die üblichen Lobreden des Seniorchefs zur Pensionierung verzichten, aber das konnte er verschmerzen. Er war ruhig und ausgeglichen, völlig anders als sonst, wenn es um wichtige Geschäfte für die Firma ging. Dabei ging es doch um ihn selbst, machte er sich bewußt. Aber es hatte keine Bedeutung. Er wunderte sich über sich selbst, er hatte sich immer vor großen Leiden, vor der Einsamkeit im Alter gefürchtet. An einen gewissen, zeitlich berechenbaren Tod hatte er nicht gedacht. Selbstmord wäre für ihn auch bei unheilbarer Krankheit nicht in Betracht gekommen, aber so. Es bereitete ihm Genugtuung, in Würde sterben zu können, so als wenn der Tod in Menschengestalt ihm gesagt hätte: „Mach dich bereit, du bist in wenigen Momenten dran." Und so wartete er!

Langsamer Tod

Das Arbeitsessen hatte er mit Anstand herumbekommen. Er hatte das Festmahl, denn es war die Feier zum erfolgreichen Abschluß der Vertragsverhandlungen, seit Tagen gefürchtet. Er wußte, daß er es nicht umgehen konnte, auch wenn er vor Schmerzen am liebsten dauernd geschrien hätte. Wenigstens hatte er keine Rede halten müssen. Bei den vielen Toasten, die von beiden Vertragsparteien ausgebracht wurden, hatte er seinen empfindlichen Magen vorgeschützt. Jetzt war das Mahl endlich vorbei, man hatte sich noch auf einen Kaffee in den Salon zurückgezogen und die Beteiligten plauderten, in einer Hand eine gute Havanna, in der anderen ein großes Glas mit Cognac über zukünftige Geschäfte. Er hatte sich absetzen können und war jetzt in seinem Zimmer. Das Essen hatte er auf der Toilette wieder von sich gegeben. Ihm war schlecht und er lag angezogen auf dem Bett. Er starrte an die Decke und schaute den wandernden Lichtern an der Wand nach, die die draußen vorüber fahrenden Autos warfen. Die Schmerzen kamen in Schüben. Wenn sie kamen, versuchte er, sich dagegen aufzustemmen, aber immer wieder wühlten sie wie mit glühenden Messern und zerfetzten seine Eingeweide. Er krümmte sich und biß sich auf die Lippen, um nicht laut aufzuschreien. Die anderen sollten nichts von allem erfahren. Der Schmerz und seine Krankheit waren sein Geheimnis, sie gehörten ihm allein, er mußte bis zum bitteren Ende allein mit ihnen fertig werden. Jetzt legten sie sich etwas, er schwitzte und es war ihm kotzübel. War das das Ende oder wie lange mußte er noch warten. Glücklicherweise hatte er es auf dieser Reise durchsetzen können, daß er ein Einzelzimmer bekam, schoß es ihm durch den Kopf. Still und erschöpft, aber ein wenig glücklich, weil die Schmerzen aufgehört hatten, sah er den wandernden Lichtern auf der Zimmerwand nach. Wahrscheinlich hatten die starken Tropfen doch gewirkt. Vielleicht hatte er noch etwas Zeit und mußte nicht schon heute gehen! Viele Gedanken schossen ihm durch den Kopf. Geregelt hatte er alles, d.h. soweit es seine finanziellen Verhältnisse betraf. Die Frau und die Kinder würden versorgt sein. Er hatte außer dem Testament, daß er bereits vor langer Zeit gemeinsam mit seiner Frau für den Fall aller Fälle errichtet hatte, auch noch weitere Einzelheiten geregelt. Als er von seinem Arzt erfahren hatte, daß er Krebs hatte und seine Lebenszeit begrenzt war – so ein Quatsch, kam es ihm in den Sinn, für jeden Menschen ist die Lebenszeit begrenzt – also richtiger, daß er nur noch kurz zu leben hatte, hatte er ein Schreiben an die Lebensversicherung entworfen, die Bausparkasse und all die Behörden und Stellen, die man benachrichtigen mußte, um Versicherungsleistungen zu bekommen oder um keine weiteren Kosten zu verursachen. Die Kinder waren aus dem Haus, sie standen kurz vor dem Ende ihrer Ausbildung, sie brauchten ihn nicht unbedingt, seine Frau war stark und selbständig, sie hatte schon immer alle Sachen geregelt, wenn er längere Zeit auf Geschäftsreisen war. Sie würde auch die Lage nach seinem Tod in den Griff bekommen. Da hatte er keine Angst. Nur er hatte die letzte Zeit in Würde und Anstand noch zu Ende zu bringen. Vielleicht war es gut, wenn es heute, jetzt, soweit war. Niemand würde ihn sehen und hören. Hier im Hotelzimmer war er anonym, seine Kollegen würden die fremde Stadt heute Nacht unsicher machen. Er könnte die Sache auch beschleunigen, d.h. selbst das Ende setzen. Wenn er die Schmerztabletten auf einmal nehmen würde, wäre es in spätestens zwei Stunden aus und er würde es nicht einmal merken, allmählich ins Nichts hinübergleiten. Es war schon verlockend, so der dauernden Qual aus dem Wege zu gehen. Aber diese Überlegung, er hatte sie schon öfter gehabt, wenn die Schmerzen vorüber waren und er Angst vor dem neuen Überfall hatte. Immer wieder hatte er der Versuchung widerstanden. Das war keine Möglichkeit, sein Leben würdevoll zu beenden, eine Flucht aus Verzweiflung. Aber er fühlte, daß mit jedem Schmerzanfall die Widerstandskraft, zu den Tabletten zu greifen, immer geringer wurde. Bald würde er es wahrscheinlich tun. Vielleicht sollte er, damit er auf andere Gedanken käme, nach unten zu den anderen gehen. Ja, die Idee war vernünftig und im Augenblick ging es ihm auch verhältnismäßig gut. Er raffte sich auf und schleppte sich ins Bad. Aus dem Spiegel sah ihm ein bleicher, hohläugiger Mann entgegen. Kaum zu glauben, daß es noch nicht so lange Zeit her war, daß er braungebrannt und gut gelaunt durch die Welt gezogen war. Jetzt war das Leben, ja jede einzelne Bewegung eine Qual. Er ließ das Wasser kalt über sein Gesicht laufen, dann über die Handgelenke. Schließlich massierte er sein Gesicht, damit er wieder etwas Farbe auf die Stirn und die Wangen bekam. Dann kämmte er sich, putzte die Zähne und langsam verging der Geschmack von Erbrochenem. Also vorwärts in den Krieg, machte er sich Mut. Er zog den Schlips gerade, zog das Jackett an und ging, zunächst etwas unsicher, dann mit festen Schritten, zur Zimmertür, drehte den Riegel herum und trat auf den Gang. Er machte die ersten Schritte in Richtung Treppe, dann hatte er keine weiteren Erinnerungen. Er wachte in einem weiß bezogenen Bett auf. Es handelte sich, wie er feststellte, um ein Krankenhausbett. So hatten also seine Bemühungen, seinen Zustand zu verschweigen, alle Anstrengungen der letzten Wochen, andere nicht so nah an sich herankommen zu lassen, keinen Erfolg gehabt, schoß es ihm durch den Kopf. Jetzt würden es seine Familie und alle in der Firma mitbekommen, daß es mit ihm zu Ende gehen würde. Jeder würde ihn mit einer Welle von Mitleid übergießen, ganze Kübel mit gut gemeinten Ratschlägen wie „ Es wird schon alles gut werden" oder „Kennst Du nicht den Herrn X, den Schwager unseres Boten in der Firma, na, Du weißt doch, der mit der albernen Lache, der hat auch ... und dem geht es seit einem halben Jahr wieder prima!" Er würde mit Blumensträußen überhäuft werden. Dabei mochte er Blumen am Krankenbett überhaupt nicht. Schon als Kind hatte er Blumen im Krankenhaus blöd gefunden. Wenn er als Elfjähriger seinen Vater im Krankenhaus besucht hatte, das kam früher öfter vor, sein Vater hatte Magengeschwüre gehabt, störten ihn diese großen und kleinen Sträuße. Immer wenn er sich mit seinem Vater unterhalten wollte, standen sie auf dem Tisch am Bett und er konnte seinen Vater nicht richtig sehen. Dort standen meist mehrere Vasen mit frischen oder verwelkten Blumen in abscheulichen Vasen herum, manchmal waren es auch nur Marmeladengläser gewesen. Insbesondere samstags und sonntags waren dem Krankenhaus meist die Vasen ausgegangen. Abends - so gegen 18 Uhr - kam dann eine Krankenschwester und schaffte die Blumenvasen vor die Tür, da standen sie dann, bis die letzten Besucher das Krankenhaus verlassen hatte. Dann wurden sie in einen gesonderten Raum gebracht und am nächsten Tag nach Frühstück und Arztvisite wurden die Blumen dann wieder in die Zimmer gestellt.

Plötzlich fragte er sich, ob die Ärzte die Diagnose nicht weitergegeben hatten. Eigentlich durften sie ja nicht, aber man mußte mit allem rechnen. Im Augenblick fühlte er sich ganz gut, er hatte keine Schmerzen und dachte nicht an seine Sorgen. Er döste so vor sich hin. Machen konnte er sowieso nichts. Er schaute sich im Zimmer um. Es war ein Krankenzimmer, wie er es von Krankenbesuchen kannte. Zuletzt hatte er einen Kollegen besucht, der wegen einer Meniskus-Operation ins Krankenhaus mußte. Das Zimmer war karg eingerichtet. Neben dem Bett, in dem er lag, gab es einen kleinen runden, braunen Holztisch, auf dem eine weiße Tischdecke lag und eine kleine Vase mit roten Nelken stand. Daneben zwei Stühle aus Holz mit gerader Rückenlehne. An der Wand auf einer Konsole stand ein Fernsehapparat. Links von seinem Bett befand sich eine Tür. Wahrscheinlich ging es von dort ins Badezimmer. Rechts befand sich ein Fenster. Schüchtern sahen die ersten Sonnenstrahlen der aufgehenden Sonne ins Zimmer, es würde ein schöner Tag werden. Wie lange würde er hier bleiben müssen. Er würde den Chefarzt fragen, wenn er käme, dachte er. Plötzlich öffnete sich die Tür. Eine Frau. Nach dem Äußeren zu schließen, mußte sie aus Schwarzafrika sein, betrat mit einem Schrubber, einem Putzeimer und einem Putzlappen bewaffnet, den Raum. Sie wischte den Boden im Eilgang naß auf, ging mit einem Staubtuch über den Tisch und war im Nu wieder verschwunden.

Eigentlich war das Leben doch ganz schön gewesen. Sicher, anstrengend war es schon, die Ausbildung, das wenige Geld, wie hatten sich seine Frau und er mühen müssen, alles zu schaffen und immer zu sparen! Aber es gab so viele schöne Augenblicke, in denen sie gelacht hatten. Sie waren ausgelassen gewesen, hatten herumgealbert. Viele in ihrer Umgebung hatten sie beneidet, sie von der Seite angesehen, aber sie hatten sich nicht angepaßt, sie waren sich treu gewesen. Das hatte ihnen die Zufriedenheit gegeben. Sie wußten beide, Glück ist kurz und man muß es nutzen. Wie hatten sie sich über und mit ihren Kindern gefreut, wieviele Stunden gemeinsam erlebt. Wie hatten sie sich manchmal angeschrien, bis sie keine Stimme mehr hatten und wie hatte es stets geendet? Einer hatte gelächelt, das hatte den anderen angesteckt. Tja, jetzt stand also die Trennung bevor. Sie waren zwar schon früher für einige Zeit allein gewesen, wenn er geschäftlich im Ausland war oder er erst später in den Urlaub in das gemietete Ferienhaus nachkam, aber es war eben nie endgültig gewesen. Beide wußten, daß sie sich bald wiedersehen würden, aber jetzt ...! Das Leben würde weitergehen, weitergehen müssen., das war ihm klar. Es wäre ganz schön, wenn ein kleiner Moment der Erinnerung an ihn übrig bleiben würde, so hoffte er. Dann verwarf er den Gedanken als unsinnig. Er wurde in seinen Gedanken jäh unterbrochen, als sich die Tür mit einem Ruck öffnete und ein älterer Herr mit Brille in einem weißem Kittel, gefolgt von zwei Schwestern und noch einem jüngerem Mann in Weiß, das Zimmer betraten, in dem er allein lag. „Na, wie geht es uns denn heute?", begann der Chefarzt den Versuch eines Gesprächs. Es war wohl nur eine rhetorische Frage. Er hatte sich eine Akte – es war wahrscheinlich seine Krankenakte – von der Schwester geben lassen und sagte ruhig: „Sie haben also ein Magengeschwür. Na, das werden wir schon in den Griff bekommen!" Der Kranke stutze. „Was habe ich?" Bevor der Chefarzt antworten konnte, schaltete sich der Oberarzt ein. „Herr Dr. ..., ich glaube, da liegt eine Irrtum vor, Sie haben die falsche Krankenakte, das Magengeschwür liegt in Zimmer 306." Er flüsterte dem Chefarzt etwas ins Ohr. „Was, die falsche Akte, das ist ja unerhört. Ja, können Sie denn nicht aufpassen! Das hat ein Nachspiel!" Die Schwester war ganz bleich geworden und stammelte irgendwelche Entschuldigungen. „Nein, das geht nicht! Wie stehe ich denn da! Das ist heute schon der zweite Fall". Der Kranke fühlte sich völlig überflüssig. Ohne sich weiter um ihn zu kümmern, wandte sich der Chefarzt an den Oberarzt. Der flüsterte etwas, der Kranke hörte die Worte „Karzinom". „Aha", meinte der Chefarzt. „Na, gut, dann machen Sie so weiter!" „Gleiche Dosis." „Also", wandte er sich an den Kranken, „dann gute Besserung, ich werde morgen wieder nach Ihnen sehen." Damit verschwand er aus dem Zimmer und mit ihm seine Begleitung. Jetzt war er wieder allein mit sich und seinen Gedanken. Mehr als vorher wußte er nicht, insbesondere nicht, wie es weitergehen würde. Wie ernst ist es? Wie lang hatte er noch zu leben? Wie stark würden die Schmerzen sein? All diese Fragen, die ihn dauernd beschäftigten, hatte er nicht zu stellen gewagt. Vielleicht konnte er den Oberarzt oder die Schwester fragen, so überlegte er einige Zeit. Dann mußte er eingeschlafen sein. Er wachte auf, als eine Schwester, die er noch niemals vorher gesehen hatte, mit einem Tablett hereinkam. Sie war ganz freundlich, stellte das Kopfteil des Bettes steiler, schüttelte das Kissen auf, zeigte auf das Tablett, das sie auf den Tisch gestellt hatte und sagte: „So jetzt wird erst einmal etwas gegessen!" Als sie das Zimmer verlassen hatte, inspizierte er das Frühstück. Es bestand aus zwei Brötchen, zwei Scheiben Käse, einem Joghurt und einer Kanne Kamillentee. Er schnitt das eine Brötchen auf, legte eine Scheibe Käse darauf und aß mit richtigem Heißhunger. Zwischendurch nippte er am Kamillentee, der höllisch heiß war. Auch das zweite Brötchen vertilgte er. Den Joghurt hob er sich für später auf. Jetzt war er richtig zufrieden, er lehnte sich ins Kissen zurück und verfolgte einen Sonnenstrahl, der durch das Fenster lugte und den Staub tanzen ließ. Schön war es , so könnte es immer bleiben! Das oder so etwas ähnliches sagte er auch der freundlichen Schwester, als sie das Tablett abräumte. Er beschloß, etwas zu schlafen. Der Tag war lang. Er mußte länger geschlafen haben, er wurde geweckt durch einen Arzt, der ihm Blut abnehmen wollte. „Eigentlich merkwürdig", dachte er, mein Arm ist doch schon mit allerlei Pflastern und Binden versehen. Blut hätten sie doch schon vorher abnehmen und untersuchen können. Dann wurden noch Fieber und Blutdruck gemessen und alle Ergebnisse in eine Kartei eingetragen. Er mußte wieder eingeschlafen sein, als er durch ein Klopfen erwachte. Es waren seine Frau und seine Tochter und , wie erfreulich, ohne Blumen. Sie hatten ihm zwei Bücher mitgebracht. Seine Frau und seine Tochter sahen etwas mitgenommen aus.

Wie sollte er die beiden trösten? Er bemühte sich, nicht selbst die Fassung zu verlieren. Aber er hatte schon immer sehr nah am Wasser gebaut und so ließ es sich nicht verhindern, daß sie auf einmal alle drei losheulten. Als es vorbei war, fühlte er sich besser und meinte, auch seiner Frau und Tochter erging es so. Jetzt unterhielten sie sich über Belanglosigkeiten, über Freunde, Nachbarn, das Krankenhauses im allgemeinen. Die Diskussion wurde kurz unterbrochen durch das Mittagessen. Auf einmal waren sie wieder da. Wie ein Überfall! Die Schmerzen, wie von einer eisernen Faust wurde er, der die ganze Zeit halb aufgerichtet im Bett saß, nach hinten gerissen. Er schrie laut, dann war dunkle Nacht. Seine Frau lief in den Flur zum Schwesternzimmer und rief verzweifelt nach dem Arzt. Eine Schwester rief über Handy den diensthabenden Arzt. Nach einer Spritze atmete er ruhig; bleich lag er im Bett, kalter Schweiß bedeckte sein Gesicht. Der Arzt und die Schwester bedeuteten den beiden Frauen, sie könnten jetzt nichts tun. Er würde nach der Spritze ruhig schlafen. Frau und Tochter küßten den Sterbenskranken und begaben sich nach draußen. Tränen standen ihnen in den Augen. Sie würden morgen wiederkommen. Am nächsten Tag gegen 11 Uhr trafen sie vor dem Zimmer ein. Das Zimmer war leer. Sie gingen zum Schwesternzimmer „Können Sie mir bitte sagen, wo Herr Dr. Müller ist?" Die ihnen unbekannte Schwester antwortete, ohne von ihren Unterlagen aufzusehen: „Herr Dr. Müller ist heute früh verstorben. Wollen Sie ihn noch einmal sehen?"

Das leukämiekranke Kind

„Mami, muß ich wirklich sterben?" Sie würde diese Worte niemals vergessen. Es war der Beginn des Abschieds gewesen. Damals waren sie und ihr Mann noch voller Hoffnung gewesen, daß eine Heilung möglich sein würde. Auch die Ärzte hatten ihnen Mut gemacht, daß es nicht so schlimm kommen würde. Seit zehn Minuten wußten sie, daß es keine Rettung gab. Vor zwei Jahren war ihr einziges Kind, ihre Tochter Yvonne, ins Krankenhaus gekommen. Die Ärzte hatten nach langen Untersuchungen Leukämie festgestellt. Sie hatten eine Chemotherapie empfohlen, das einzige Mittel, das eine Besserung versprach und die Ärzte waren nach einer Behandlung von einem halben Jahr zuversichtlich gewesen, daß die Krankheit zum Stillstand gekommen war. Tatsächlich war ihr Kind schon vom Äußeren her verändert. Das Gesichtchen war dicklich geworden und ohne Haare sah es völlig verändert aus. Yvonne war dann nach zahlreichen Untersuchungen aus dem Krankenhaus entlassen worden. Die Ärzte waren sehr zufrieden, um nicht zu sagen, begeistert, daß die Behandlungsmethoden so gut angeschlagen hatten. Selbstverständlich hatten sie ihnen, den Eltern, aufgetragen, alle vier Wochen zu einer Kontrolluntersuchung in die Klinik zu kommen. Auch diese Untersuchungen waren immer zufriedenstellend verlaufen. Inzwischen war ein weiteres Jahr vergangen und die Normalität hatte sich im Familienleben eingestellt. Die Figur hatte wieder eine normale Form angenommen, das Gesichtchen sah wieder so niedlich aus wie früher, die Haare waren wieder gewachsen. Alle Verwandten und Freunde der Familie freuten sich mit den Eltern und beglückwünschten sie. Yvonne war wieder in die Schule gegangen. Die Leistungen in den Klassenarbeiten hatten wieder eine Rolle gespielt. Aufpassen mußte man zwar auf Erkältungen, aber gesundheitliche Probleme gab es im Augenblick nicht. Alle hatten befreit durchgeatmet. Die Gedanken an die überwundene Krankheit waren zurückgedrängt, und auch die Untersuchungen, vor denen immer eine gewisse Beklommenheit in der Familie herrschte, wurden gut überstanden. Weihnachten hatte man mit den Großeltern zum ersten Mal wieder im Familienkreis ausgelassen gefeiert. Yvonne war lustig und vergnügt um den Christbaum herumgetanzt.

Ende Januar war alles anders. Die Untersuchung war zum ersten Mal problematisch. Es dauerte mehr als sieben Tage, ehe sie das Ergebnis erfuhren. Der Befund war positiv. Die Blutwerte stimmten nicht. Der Schreck war allen in die Glieder gefahren. Drei Tage später lag Yvonne wieder im Krankenhaus. Die Chemotherapie war wieder angesetzt worden. Alles schien sich zu wiederholen. Aber jetzt blieb die erhoffte Besserung aus. Der Gesundheitszustand verschlechterte sich zusehends, auch die Ärzte waren skeptisch. Hinzu kam eine fiebrige Erkältung. Wenn sich diese nicht besserte, eventuell zu einer Lungenentzündung führte, war die Hoffnung gering. Seit vorgestern verschlechterte sich der Zustand zunehmend. Yvonne hustete stark und bekam kaum Luft. Aber sie war noch ansprechbar gewesen. Beide, sie und ihr Mann, waren praktisch dauernd bei ihr. Aber sie mußten mit ansehen, wie sie immer weniger wurde, wie das Licht einer Kerze, das langsam herunterbrennt, bis es ganz erlischt. Heute früh war es dann soweit gewesen. Sie hatte noch ihren Teddy haben wollen, hatte ihnen beiden zugelächelt und war dann sanft eingeschlafen.

Sie hatte ihren geliebten Teddy im Arm und sah aus, als wenn sie tief und ruhig schlief. Ein kleines Lächeln lag auf ihrem niedlichen Gesichtchen.

Dankbarkeit ?

Eigentlich hätten sie es ja schön haben können. Seine Rente war zwar nicht hoch, reichte aber für ihren gemeinsamen Lebensunterhalt aus. Die drei Kinder waren schon lange aus dem Haus, hatten gute Stellungen und waren verheiratet. Die Enkelkinder, vier an der Zahl, waren nett. Und das Haus, das sie schon von den Großeltern geerbt hatten und seit über vierzig Jahren bewohnten, war in gutem Zustand. Auch Georgs Gesundheitszustand schien zumindest vom ersten Eindruck her nicht beängstigend zu sein. Gut, er sah zwar mittlerweile schlecht und war in den letzten Jahren nicht mehr so gut auf den Beinen wie früher und konnte deshalb auch nicht auf die Obstbäume klettern oder schwere Säcke mit Kartoffeln schleppen. Aber sonst fühlte er sich, abgesehen von Wehwehchen, die jahreszeitlich bedingt waren, ganz gut in Form. Probleme gab es aber bei Ute. Auch wenn sie es selbst offensichtlich nicht merkte, baute sie geistig ziemlich ab. Das war jedenfalls der Eindruck in der Familie. Außerdem wurde sie in der letzten Zeit nörgelig und unverträglich. Dies wunderte die Familienmitglieder deshalb besonders, weil sie in früheren Zeiten immer der ruhende Pol des Ausgleichs gewesen war. Sie hatte Streit zwischen den Kindern geschlichtet und auch im ehelichen Leben gab es keine großen Streitigkeiten oder Auseinandersetzungen. Sie hatten eigentlich ein durchweg harmonisches Leben geführt.

Das hatte sich in den letzten zwei Jahren grundlegend geändert. Sie begann, ihren Mann ständig herumzukommandieren. Er durfte beim Fernsehen nicht einschlafen. Wenn sie es bemerkte, rief sie ihn mit den Worten „Walter, du schläfst ja schon wieder," aus seinen Träumen. Sie schickte ihn einkaufen. Er mußte nach ihren Anordnungen ständig unterwegs sein. Sie trieb ihn zu Kaffeefahrten fünf- bis sechsmal im Jahr, er mußte dabei unnütze Sachen wie Heizdecken und Kaffeemaschinen kaufen. Alles das ertrug er mit Engelsgeduld. Nur die Kinder merkten, daß er still, aber merklich unter den ständig wechselnden Launen seiner Frau litt. Er beschwerte sich aber niemals direkt bei ihnen. Besonders auffallend war jedoch die Krankheit seiner Frau.. Sie erklärte jedem, sie habe derart große Schmerzen, daß sie nicht laufen könne, was dazu führte, daß ihr Mann praktisch alle Arbeiten im Haus allein machen mußte. Er ging einkaufen, kochte, räumte auf und putzte. Sie gab jeweils nur die Anweisungen, was wann zu tun war. Er führte mit Rücksicht auf die schwerkranke Frau, wie er seinen Kindern und Enkelkindern erklärte, alle Arbeiten aus und umsorgte sie, so gut es nur ging. Über Weihnachten hatten sie auf ihren ausdrücklichen Wunsch oder richtiger Befehl eine Busreise nach Österreich unternommen. Er wäre eigentlich lieber zu Haue geblieben. Dabei hatte sich nach der Aussage einer Bekannten des Sohnes folgendes ereignet: Der Reiseführer hatte an einem Wochentag zwischen den Jahren vorgeschlagen, die Männer sollten doch einen kleinen Ausflug in ein nahegelegenes Gasthaus zu einem Frühschoppen machen, während die Frauen zu einem etwa zehn Minuten entfernten

Bauernhof laufen sollten, wo es Strickmoden zu besichtigen gab. Zunächst hatte seine Frau noch gezögert, ob sie sich den Frauen anschließen sollte, da sie wohl wegen ihrer Krankheit nicht so weit laufen konnte. Ihm hatte sie gesagt, sie würde zu Hause bleiben. Später, als die Männergruppe schon weg war, hatte sie sich dann entschlossen, doch mit den Frauen zu dem Bauernhof aufzubrechen. Die Bekannte berichtete weiter. Sie sei mit ihr hin- und zurückgelaufen und sei erstaunt gewesen, wie gut sie die Strecken bewältigt habe. Sie habe nicht über Schmerzen geklagt, sondern sei recht forsch gelaufen. Die Besichtigung sei ganz nett gewesen, man habe sich länger unterhalten, auch sie sei ausgesprochen fröhlich gewesen, ganz anders, als sie sie in Erinnerung gehabt habe und es ihr die Familienmitglieder berichtet hätten. Auch den Rückweg habe sie ohne Probleme hinter sich gebracht. Seine Frau sei in guter Stimmung gewesen. Kurz vor dem Gasthof, in dem die Gruppe untergebracht gewesen sei, habe sich dann etwas Merkwürdiges abgespielt. Die Männergruppe mit Opa habe vor dem Gasthof gestanden und mit einem großen „Hallo", denn die Männer hätten ja einigen Alkohol getankt, die Frauen empfangen. Als seine Frau die Männergruppe mit ihm gesehen habe, sei sie in sich zusammengesunken, habe über starke Schmerzen in den Beinen geklagt. Er habe sie gerade noch auffangen können. Dann habe er sie, die sich schmerzverzerrt auf ihn gestützt habe, in ihr Zimmer geleitet. In der Folgezeit habe sie immer einen leidenden Eindruck gemacht. Die Bekannte schloß ihren Bericht mit den Worten, sie habe den Eindruck, ihr fehle in Wirklichkeit nichts, sie spiele ihm nur Theater vor, um seine Aufmerksamkeit allein auf sie zu ziehen. Tatsächlich waren im Laufe der Zeit auch die anderen Familienangehörigen zum gleichen Ergebnis gekommen. Im Familienkreis wurde überlegt, was man tun könne. Man kam zum Ergebnis, es ihm zu erzählen. Tatsächlich unternahm der älteste Sohn diese Aufgabe. Er berichtete seinen Geschwistern von seinem Gespräch. Er hatte sich alle Vermutungen und die Begebenheit in Österreich lächelnd angehört, und dann hatte er lächelnd gesagt: „Alles das weiß ich selbst und nicht erst seit heute. Ich akzeptiere ihre vorgetäuschte Krankheit. Sie hat früher so viel für mich und euch getan. Warum soll sie jetzt nicht ein wenig krank sein, wenn sie sonst gesund ist?" Damit war für ihn die Angelegenheit erledigt..

Der Anschlag

Ihr Handy hatte sich gemeldet, es war 9 Uhr und sie hörte sehr leise seine Stimme. Sie hatte ihn zunächst nicht verstanden. Die Verbindung war schlecht. Sie war völlig desorientiert, er hatte sich heute früh von ihr verabschiedet, er mußte geschäftlich mit dem Flugzeug an die Westküste. Sie war verwirrt, er mußte doch schon bzw. noch in der Luft sein. Wie konnte er da jetzt anrufen, während des Fluges konnte man doch nicht telefonieren. Dann verstand sie plötzlich, leise hatte er ins Handy geflüstert, „ich rufe aus dem Flugzeug an. „Das Flugzeug ist entführt worden. Ich glaube, wir werden uns nicht mehr wiedersehen. Ich liebe Dich." Dann war das Gespräch zu Ende. Sie wußte nicht, was sie von diesem Gespräch halten sollte. Eine Stunde später wurde ihre Befürchtung zur Gewißheit. In den Nachrichten hatte sie von den Anschlägen in New York und Washington gehört. Sie wußte jetzt auch, daß ihr Mann tot war. Schwarz auf weiß bekam sie es mehrere Tage später durch ein Schreiben der Fluggesellschaft und dann durch die zuständige Behörde mitgeteilt, daß ihr Ehemann beim Terroranschlag ums Leben gekommen war. Unklar war dabei nur, welches Ziel denn der Anschlag gehabt hatte. Es gab einige Vermutungen über das Schicksal der Passagiere, die Minuten vor dem Aufschlag des Flugzeugs. Man hatte sie über das letzte Telefongespräch mit ihrem Mann befragt. Die Journalisten hatte sie über ihren Mann, einen der Helden dieses Anschlags, interviewt. Jetzt war sie endlich allein, ohne Presse, Fernsehen und Behördenvertreter. Eine Beerdigung hatte nicht stattgefunden, da identifizierbare Überreste nicht gefunden worden waren. So blieb nur die Gedächtnisfeier mit hochrangigen Regierungsvertretern, aber ein Trost war alles dies nicht. Der Stolz, auf den alle verwiesen, tröstete sie nicht. Der Gipfel war eigentlich der Spruch eines Reporters gewesen: „Sie können doch stolz auf ihren Mann sein. Durch den Terroranschlag ist er ein Held geworden, sonst hätte er sich nicht aus der Masse herausgehoben!" Beruflich hatte sich bei ihr nichts geändert. Mit ihren Eltern und Schwiegereltern hatte sie kurz telefoniert. Dann war es langsam ruhiger geworden. Die Interviews hatten abgenommen. Das letzte Interview hatte sie letzten Mittwoch einem Vertreter eines französischen Senders gegeben. Die Aufregung der letzten Tage war vorüber, nun kam sie dazu, über ihre Zukunft nachzudenken. Erst allmählich wurde ihr bewußt, daß sie allein war und er niemals wieder zurückkehren würde. Das Bewußtsein, Witwe eines Helden zu sein, half ihr auch nicht über ihren Schmerz. Alle Pläne, die sie gemeinsam geschmiedet hatten, waren Makulatur. Was hatte sie eigentlich noch in dieser großen Stadt zu suchen? Freunde hatte sie hier nicht. Als sie hier in die Großstadt, in die Weltstadt gezogen waren, war für sie beide zunächst die Karriere im Unternehmen wichtig gewesen. Später, wenn sie etwas Geld gespart hatten, wollten sie dann wieder aufs Land zurückgehen und ihren Lebensabend dort verbringen. Gab das einen Sinn? Nach kurzer Überlegungszeit sprach sie mit ihrem Chef und erhielt dann zwei Wochen Urlaub, den sie noch aus dem letzten Jahr guthatte. Sie fuhr zum Flughafen, buchte einen Flug in die Karibik und fand sich jetzt in der Sonne an einem wenig besuchten Sandstrand. Zum ersten Mal kannte sie niemanden, fragte sie keiner nach den Terroranschlägen. Hier gab es nur Sonne, Sand, Meer und viel, viel Ruhe. Und die Sonnenuntergänge faszinierten sie. Sie begann, sich wohl zu fühlen. Wie schön kann die Stille einer romantischen Landschaft sein, ging ihr durch den Kopf. Welche Ausgeglichenheit überkam sie! Sie kostete die Stimmung aus, bis die Sonne völlig untergegangen war. Als schon die ersten Lichter im Hotel angingen, nahm sie ihr Buch und bewegte sich langsamen und gemächlichen Schrittes zu ihrem Zimmer. Sie legte sich auf ihr Bett und ließ ihre Gedanken schweifen. Wann hatte sie solche Momente das letzte Mal erlebt, solche Augenblicke genossen? Wenn sie ehrlich war, konnte sie sich nur an wenige Momente der vollständigen Ruhe erinnern. Bilanz über ihr gemeinsames Leben hatte sie im Lauf ihrer Ehe noch nicht gezogen. Es gab auch keinen Grund dafür. Sie waren mehr mit der Zukunft als mit der Gegenwart oder der Vergangenheit beschäftigt gewesen. Die Zukunft war klar gewesen, Geld sparen, dann eine kleine Farm kaufen und sich dort niederlassen, Vieh züchten. Zum ersten Mal überlegte sie genau, ob dies wirklich ihre ureigenste Wunschvorstellung gewesen war und heute noch war. Wenn sie ehrlich war, war sie niemals vollständig begeistert gewesen, in einigen Jahren aufs Land zu ziehen und auf ewige Zeiten, d.h. bis zum Tode dort zu versauern. Sie hätte dies ihrem Mann niemals eingestanden, um ihn nicht zu verletzen. Er hing so an seiner Vorstellung, daß sie ihm bei seinen Schwärmereien vom einfachen Leben auf dem unberührten Land nicht in den Rücken fallen wollte. Sie hatte sich immer damit getröstet, daß es noch lange Zeit dahin sein würde und man sich nach langer Lebenszeit in der Großstadt vielleicht auch an ein Leben in dieser Umgebung gewöhnen würde. Sie konnten sich ja immer noch entscheiden. Je mehr sie darüber nachdachte, desto kritischer sah sie auch ihr gemeinsames Eheleben. Sie hatte immer Kinder haben wollen, er hatte es zwar nicht völlig abgelehnt, aber eine Entscheidung darüber auf eine spätere Zeit verschoben. Das hatte sie anfangs verstimmt, danach hatte sie sich gefügt. Sie war erst 32 Jahre alt und sie hatten ja tatsächlich noch Zeit. Vielleicht hatte er wirklich recht, daß sie noch etwas warten sollten und sich erst etwas Geld sparen sollten. Inzwischen hatte sie sich das Ganze anders überlegt. Bevor er auf seine letzte Reise gegangen war, hatte sie sich vorgenommen, nach seiner Rückkehr diese Frage noch einmal mit ihm zu besprechen und zu klären. Dazu war es nicht mehr gekommen. Sie war sich weder damals noch heute sicher, wie eine derartige Diskussion ausgegangen wäre. Sie hatte aber nach ihren Erfahrungen eher die Überzeugung, daß er nicht bereit gewesen wäre, ihren Wünschen nachzugeben. In der letzten Zeit war ihre Beziehung in mancher Hinsicht nicht so glücklich, wie man denken konnte. Sie hatten sich öfter über Kleinigkeiten gestritten. Wahrscheinlich machte ihr diese Einschätzung auch die Frage der Zukunft leichter. Sah man einmal die Heldenfrage als erledigt an, da sie jetzt nicht mehr im Blickpunkt der Öffentlichkeit stand, konnte sie sich auf sich selbst besinnen. Zunächst würde sie sich eine neue Arbeitsstelle suchen, sie wollte nicht immer im Schatten ihres Mannes und der Erinnerung an ihn durch seine Mitarbeiter stehen. Sie haßte das in den ersten Tagen nach der Katastrophe auf sie einprasselnde

Mitleid. Jeder hatte sie beobachtet, ob und wie sie trauerte. Alle ihre Bewegungen, jede Äußerung und Miene wurde kritisch begutachtet. In einer anderen Stadt bei einem anderen Unternehmen würde ein Neuanfang möglich sein, ohne im Mittelpunkt der Öffentlichkeit zu stehen. Sie könnte dann neu anfangen. Von Tag zu Tag wurde ihr Lebensziel und der Weg zur Verwirklichung klarer. Zunächst würde sie im Internet die Stellenangebote durchsehen, dabei würden die Angebote in der Nähe ihrer Heimat an der Westküste Vorrang haben. Sie wollte auch mehr in die Wärme. Dann würde sie sich eine Wohnung suchen. Zunächst würde die Frage, ob sie allein bleiben würde oder nicht, unerheblich sein. Das würde sich sicher nach und nach klären. Ganz überrascht waren deshalb ihre Eltern, die sie nach ihrem Urlaub kurz besucht hatte. Sie waren verwundert, wie gefaßt sie war, wie klar ihre Zukunftsvorstellungen waren. Ihr Vater hatte das in die Worte gefaßt: „Für Dich und deine Zukunft ist mir nicht bange." "Wenn man dich erlebt, fragt man sich, wer der Held ist", womit er auf ihre Fernsehinterviews der Vergangenheit anspielte.

Der Klassenprimus von einst

Beinahe hätte ich ihn nicht erkannt. Ich war direkt in ihn hineingestolpert, als ich wieder einmal in Gedanken die Treppe zur U-Bahn hinuntergerannt war. „Holla, rennst Du alle Leute um", sprach er mich an, als ich gerade zu einer Entschuldigung und Erklärung ansetzen wollte. Vor knapp 3o Jahren hatte ich ihn das letzte Mal gesehen. Er hatte damals eine herausgehobene Stellung in unserer Klasse eingenommen. Er war mit Ausnahme von Sport, damals hieß das Fach noch „Leibeserziehung", der Klassenprimus gewesen. Selbstverständlich hatte er unter großem Beifall der ganzen Schulgemeinde einschließlich der Lehrer, jüngerer Schüler und Eltern die Abiturrede gehalten. Alle Lehrer hatten ihm eine glänzende Karriere vorhergesagt und wir waren ebenfalls davon überzeugt. Meinen Mitschülern und mir wären niemals Zweifel darüber gekommen, daß er sein Leben als hochgeehrter Wissenschaftler oder Vorstandssprecher eines Großkonzerns beenden würde. Ich gehörte zu den Schülern, die immer froh waren, wenn die Frage der Versetzung in die nächsthöhere Klasse wieder einmal erledigt war. Deswegen waren solch hochgreifenden Pläne auch nicht meine Sache. Hier stand er nun vor mir, er sah etwas abgerissen aus. Die Hose und seine Jacke hatten sicher schon bessere Zeiten erlebt. Das Oberhemd wies am Kragen und an den Stulpen einen Grauschleier auf. Ansonsten war er normal gekleidet mit Anzug, weißem Hemd und Schlips. „Ja, wie geht es Dir denn?" Wir unterhielten uns kurz und beschlossen dann, damit wir durch den strömenden Regen nicht noch nasser würden, ins nächste Café zu gehen. Dort bestellten wir uns zunächst einen Cappuccino und tauschten unsere Erlebnisse nach dem Abitur aus. Die Schilderung seines Lebens hörte sich zunächst ganz normal, und wie von mir erwartet, an. Er hatte Betriebswirtschaft studiert, sein Diplom gemacht. Dann hatte er eine gut bezahlte Stellung in einem Großunternehmen der Chemieindustrie angenommen. Im Laufe der Zeit war er stetig befördert worden und nach 6 Jahren war er dann Abteilungsleiter geworden. Er hatte bereits im Studium seine spätere Frau kennengelernt, sie hatten dann nach Antritt seiner Stellung geheiratet, später zwei Kinder bekommen. Dann kam es offenbar zu einem Bruch in seinem Leben. Seine Frau hatte ihn nach 8 Jahren Ehe mit den Kindern verlassen. Im Verlauf des Scheidungsverfahrens war er immer wieder unkonzentriert zur Arbeit erschienen. Das hatte schließlich zu seiner Entlassung geführt. Die späteren Stellungen, inzwischen sieben an der Zahl, waren immer schlechter gewesen. Die letzte hatte er verloren, nachdem das Unternehmen insolvent geworden war. Hinzu kam, daß er auch seine Lebensgewohnheiten drastisch geändert hatte. Er erklärte ganz ehrlich, ich begann zu trinken und ein Freund brachte mich dazu, auf die Spielbank zu gehen. Zunächst hatte er nur den Mindesteinsatz gewagt, dann hatte er an einem Tag 2.500 Euro gewonnen. Das hatte zu einer Wende geführt. Jetzt wußte er, daß er gewinnen konnte, er mußte nur richtig spielen. Er hatte ein System entwickelt, das todsicher war, wie er mir sagte. Das konnte er aber erst dann anwenden, wenn er genügend Geld gespart hatte, nämlich mindestens 5.000 US-Dollar oder den gleichen Wert in der entsprechenden

Währung der Spielbank. Seit drei Wochen war er jetzt clean gewesen, hatte nicht gespielt, sondern für den großen Coup gespart. Es fehlten ihm noch 2.800 US-Dollar. Dann würde er mit seinem System zuschlagen. „Du weißt doch, daß das Rechnen immer mein Hobby war. Nach meiner Berechnung werden mindestens 500.000 US- Dollar herauskommen!" „Hast Du keine Angst, daß die Sache schief gehen könnte?" Das schloß mein Klassenkamerad kategorisch völlig aus. „Und was machst Du jetzt beruflich?" „Ach," erklärte er, „seit 2 Monaten habe ich einen Job als Handelsvertreter bei einer angesehen Firma im Bekleidungsbereich. Ich bin unabhängig, kann mir die Zeit selbst einteilen. Wenn ich wenig arbeiten will, verdiene ich weniger, wenn ich viel arbeite, dann gibt es reichlich Kohle." Nach einer Gedankenpause schlug er vor, auf unser Wiedersehen doch gemeinsam etwas trinken zu gehen. Ohne meine Antwort abzuwarten, bestellte er einen Cognac. „Bitte das Beste, was Sie haben." Nach dem ersten tranken wir einen zweiten und dann einen dritten. Dann schaute er plötzlich auf die Uhr und meinte: „Du, ich muß jetzt schleunigst weg, ich muß noch zu einem Kunden!" Damit stand er auf. Dabei sagte er beiläufig: „Es war schön, daß wir uns getroffen haben. Die Getränke übernimmst Du, ich habe im Augenblick kein Kleingeld!" Dann war er verschwunden.

Der Säufer an der Haltestelle

Ich sah ihn jeden Tag einmal. Meist saß er an der Haltestelle der U-Bahn. Er mochte etwa 35 bis 38 Jahre alt sein, war schlank, etwa 195 cm groß. Er hatte lange dunkle, fast schwarze Haare und man hatte den Eindruck, daß er schon bessere Tage erlebt haben mußte. Die Kleidung kann man nur schlecht beschreiben. Meist hatte er eine Jeans-Hose an, ein kariertes Hemd und einen roten Pullover mit V-Ausschnitt. Darüber trug er und das auch bei Temperaturen von mehr als 25 ° und prallem Sonnenschein einen grünen Anorak. Das Gesicht war dunkelrot, wobei ich von Mal zu Mal den Eindruck hatte, es habe sich mehr verfärbt. Er bewegte sich stets mit langsamen gemächlichen Schritten, hatte den Kopf nach unten gesenkt und murmelte etwas vor sich hin. An seinem Platz im Wartehäuschen der Straßenbahn, offensichtlich seinem Lieblingsplätzchen, saß er auf der Holzbank neben sich eine Büchse Bier. Eine zweite hatte er in der Hand und trank daraus mit großen Schlucken, unterbrochen vom Ziehen an einer Zigarette, die er in der anderen Hand hielt. Niemals wurde er ausfallend, pöbelte Leute an oder gröhlte. Das einzig Auffallende an ihm war sein Lächeln. Er lächelte immer, ganz gleich, ob er im Wartehäuschen saß, sich zur Haltestelle bewegte, von ihr fortstrebte. Er lächelte. Daran änderte sich nichts bei großer Kälte, wenn es in Strömen goß oder es bitterkalt war. Stets saß er in seinem Häuschen, trank Bier, lächelte und murmelte ab und zu etwas vor sich hin. In der letzten Zeit konnte es schon einmal vorkommen, daß er einen Passanten oder wartenden Gast um eine Zigarette oder um Feuer bat, niemals aber war er aufdringlich oder wollte Geld haben. Auch dabei ging er scheu und als ob es ihm peinlich war, zu den Leuten. Man hatte den Eindruck, daß er sich überwinden mußte. Mit seiner schlacksigen Gestalt – ich habe ihn nie etwas essen sehen - beugte er sich herunter und bat mit leiser Stimme. Mir war nie klar, wie er über den Winter kam, denn man sah ihn auch bei Kälte. Nur einmal habe ich ihn im Winter in einer U-Bahnstation auf einer Bank sitzen sehen, sonst gab er seinen Lieblingsplatz an der Haltestelle der Straßenbahn nicht auf. Neulich kam er zu mir auf die andere Straßenseite, als ich gerade auf die Straßenbahn wartete, und fragte mich nach Feuer. Da ich nicht rauche, wußte ich nicht, was ich tun sollte. Es war das erste Mal, daß er mich ansprach. Ich fragte ihn, ob er auch eine DM nähme. Er lächelte wie immer und nickte etwas mit dem Kopf. Da ich nur ein Zweimarkstück in meinem Geldbeutel fand, gab ich ihm dieses. Er schaute nicht hin und ich hatte den Eindruck, er freute sich genauso wie über Streichhölzer für zehn Pfennig. Er sagte nichts, drehte sich nur herum, lächelte und ging weiter. Ich war jetzt drei Wochen in Urlaub. Obwohl ich jeden Tag nach ihm Ausschau gehalten habe, habe ich ihn nun schon lange nicht mehr gesehen. Beim letzten Mal war es Juni, jetzt haben wir Anfang September. Ich vermisse ihn!

Die verlassene Frau

Dreiundzwanzig Jahre waren sie verheiratet gewesen und schon vorher hatten sie sich von Jugend an, man kann eigentlich sagen, seit frühester Kindheit gekannt. Sie waren Nachbarskinder gewesen. Ihre Eltern waren 1958 in die Stadt gezogen, weil ihr Vater eine Stellung im großen Stahlwerk angenommen hatte. Ihre unmittelbaren Nachbarn waren die Eltern von Klaus gewesen. Sein Vater war ein kleiner Angestellter bei der Stadtverwaltung. Beide Familien hatten keine weiteren Kinder. Sie waren zusammen in die Grundschule gegangen, hatten zusammen Abitur gemacht. Dann hatte sie das Studium in verschiedene Städte geführt. Dennoch hatten sie sich ab und zu in den Semesterferien gesehen. Besonders nahe waren sie sich nicht gekommen. Sie hatte in der fernen Universitätsstadt ihren Freundeskreis, er an seinem Studienort seine Freunde und Bekannten. Reiner Zufall war es, daß sie sich nach Jahren wiedergesehen hatten. Es war auf einem Klassentreffen, an dem sie beide teilgenommen hatten. Eigentlich hatte sie gar nicht kommen wollen, weil sie keine guten Erinnerungen an die Schule hatte. Sie war froh, daß die Schulzeit hinter ihr lag und sie sich in einer anderen Umgebung völlig neu orientieren konnte. Jetzt wieder die bekannte Szene zu sehen mit all denen, die sie damals schlecht behandelt hatten, bedeutete keinen Reiz für sie. Eine ehemalige Mitschülerin, die einzige Freundin von einst, hatte sie angerufen und sie eindringlich beschworen, doch zu kommen. Sie hätte viel zu berichten. Also war sie widerwillig zum Klassentreffen gegangen, viel versprochen hatte sie sich davon nicht.

Der Abend war mit Erzählungen über die letzten Jahre, die berufliche Entwicklung verbunden gewesen. Einige ihrer Mitschülerinnen hatten geheiratet, zwei hatten schon ein Kind und eine Dritte stand kurz vor der Scheidung. Kurz, es war ein Abend der Eitelkeiten gewesen, an dem jede und jeder mit den eigenen Erfolgen prahlte. Allein Klaus hatte sich nicht an diesen Selbstdarstellungen beteiligt, er war stiller als die anderen und hörte mehr zu, als er sprach. Während wieder einmal jemand besonders stark auftrug, trafen sich ihre Blicke. Sie waren dann ins Gespräch gekommen, hatte sich über die anderen amüsiert und waren dann noch ein paar Schritte gelaufen. Dann hatten sie einen Termin für ein Treffen vereinbart, das hatte sich wiederholt, sie waren ins Kino, ins Café gegangen und so hatte sich im Laufe der Zeit eine immer größere Zuneigung entwickelt. Schließlich hatten sie geheiratet. Das Leben war harmonisch verlaufen, sie hatten zwei Kinder bekommen. Sie hatte nach dem zweiten Kind ihre Berufstätigkeit aufgegeben und hatte sich nur noch um die Kinder und den Haushalt gekümmert. Klaus war nach einiger Zeit befördert worden, hatte in dem Unternehmen, in das er nach seiner Ausbildung vor fast 26 Jahren eingetreten war, Karriere gemacht und gehörte heute zum Vorstand. Die Lebenshaltungskosten und der Stil der Familie hatten sich der beruflichen Entwicklung von Klaus angepaßt. Man kann sagen, sie lebten in gutsituierten Verhältnissen. Das sollte auch in Zukunft so weitergehen, so hatte sie es sich zumindest vorgestellt. Sie hätte niemals gedacht, daß sie über ein Leben ohne Klaus überhaupt nachdenken mußte. Vielmehr war sie davon ausgegangen, daß sie gemeinsam alt werden würden.

All das war jetzt in Frage gestellt. Sämtliche Pläne waren Makulatur. Die Kinder waren zwar noch im Studium, aber schon außer Haus. Sie würde in Zukunft allein sein. Auch die gemeinsamen Freunde, sie bezweifelte, ob sie mit ihnen nach einer Scheidung noch Kontakt haben würde. Alle diese Überlegungen schossen ihr durch den Kopf. Sie waren für sie fast noch wichtiger als die Schmach und der Ärger darüber, daß sich Klaus einer Jüngeren zugewandt hatte. Als er es ihr gestern Abend gesagt hatte, war sie völlig vor den Kopf geschlagen, völlig fassungslos. In einer Mischung aus Wut und Enttäuschung hatte sie sich heulend im Schlafzimmer aufs Bett geworfen, nachdem sie vorher die Tür abgeschlossen hatte. Jetzt war der erste Ärger vorbei, sie saß resigniert im Sessel und fragte sich, wie es weitergehen sollte. Ihr Leben war zu Ende, Aufgaben hatte sie keine, einen Beruf auch nicht. Wer wird eine Frau von 58 Jahren einstellen, die vor 25 Jahren ihr Studium der Volkswirtschaft abgeschlossen hat? Sie war von einem Tag , ja von einer Stunde zur anderen nutzlos geworden. Sie war alt und für ihre Umgebung nicht mehr von Bedeutung. Die Kinder brauchten sie nicht mehr. Daß sie am Wochenende vorbeikamen und die dreckige Wäsche bei ihr ablieferten, konnte sie darüber nicht hinwegtrösten. Für andere Männer war sie sowieso nicht mehr attraktiv. Selbst Klaus, der sicher kein Weiberheld war, hatte sich von ihr abgewandt. Sie saß verloren im Sessel und dachte an vergangene glückliche Zeiten. Sie brauchte eine Person, mit der sie sich aussprechen konnte. Doch wer kam in Frage? Wer konnte ihr geduldig zuhören? Wer freute sich nicht insgeheim über ihr Unglück? Wäre es besser, sie würde ihre Freundin Marlies fragen, die das Gleiche schon durchgemacht hatte oder Elisabeth, die in einer glücklichen Ehe lebte? Aber vielleicht täuschte das nur, man hätte bei Klaus und ihr ja auch nicht vermutet, daß sie sich trennen würden. Aber wenn sie nur schwieg und den Dingen ihren Lauf ließ, würde ihr das auf Dauer mehr schaden als nützen, irgendwann würden von ihr Entscheidungen verlangt werden. Dann wäre es sicher besser, sie wäre darauf vorbereitet, könnte angemessen reagieren. Was würde mit dem Haus geschehen? Wie würde ihre Alterssicherung aussehen? Wovon sollte sie leben? All dies bewegte und berührte sie. Sie mußte Vorsorge treffen, daß sie nicht benachteiligt war.

Es gab nur eine einzige Möglichkeit. Sie mußte sich zunächst über ihre Rechte informieren, deshalb rief sie die Rechtsanwaltskammer an und ließ sich einen Anwalt für Scheidungs- und Eherecht sagen und machte für den nächsten Tag einen Termin aus. Danach beschloß sie, ihr Image und ihr Äußeres aufzupolieren, sie ging einkaufen. Alles das, was sie aus Rücksicht auf die Familie, sparsam für das gemeinsame Alter und geplante Reisen zurückgelegt hatte, wollte sie dafür einsetzen, ihre frühere Attraktivität und ihre blendende Erscheinung wiederzuerlangen. Sie kaufte von Dessous über Kleidern, Kostümen bis zum Mantel, passenden Schuhen und entsprechenden Accessoires alles, was aus einer biederen Hausfrau eine elegante und charmante Erscheinung machte. Den ersten Erfolg verspürte sie bereits, als sehr attraktive Männer hinter ihr herblickten. Ein jüngere Mann war mutiger und pfiff sogar. Erschöpft kam sie zu Hause an. Sie würde sich nicht hängen lassen, sie war auf dem richtigen Weg zu einer selbständigen Persönlichkeit. Das erste Mal hatte sie weder auf Klaus noch die Kinder Rücksicht genommen, sie hatte alles nur für sich getan. Sie existierte selbständig und unabhängig. Sie war mit einem kleinen Tropfen Wehmut glücklich!

Der Junge und sein Goldhamster

Die Tränen liefen ihm die Wangen herab. Er schluchzte laut und schneuzte sich die Nase. „Gestern war er doch noch ganz gesund", jammerte er, „und jetzt ist er tot." die Mutter versuchte ihn zu trösten, „Alle Tiere und Menschen müssen einmal sterben und die Blumen verwelken auch." Aber das war kein Trost für ihren Sohn. Er hatte so an seinem Goldhamster gehangen. Er hatte ihm jeden Tag das Futter gebracht, Sonnenblumenkerne und Apfelstückchen, hatte das Wasser erneuert und sogar nach mehreren Ermahnungen durch Vater und Mutter alle paar Wochen auch den Käfig sauber gemacht. Tagelang war das letzte Mal die Familie, sogar seine größere Schwester im Zimmer auf dem Bauch herumgekrochen und hatte den Ausreißer gesucht, der beim Reinigen des Käfigs ausgebrochen war. Nach zwei Tagen hatten sie ihn durch ein kratzende Geräusch unter der Couch geortet und nach einer langen Jagd endlich wieder eingefangen. Gestern war er ganz matt im Käfig hin- und hergelaufen und heute früh lag er in einer Ecke, fast regungslos. Die Mutter war dann mit Sohn und Goldhamster Max zum Tierarzt gegangen. Der hatte ihnen gesagt, er könne nichts tun. Der Hamster sei alt und werde bestimmt in den nächsten Stunden sterben, was dann heute Nachmittag auch eingetreten war. Mutter kam eine rettende Idee, um ihren Sohn zu beruhigen. „Weißt Du, Klaus. Wenn wir den Max auch nicht mehr lebendig machen können, dann soll er wenigstens eine schöne Beerdigung haben." Mutter suchte eine besonders schöne Schachtel heraus, nahm weiche Watte und legte den toten Max vorsichtig hinein. Dann wurde die Schachtel geschlossen und mit einem schönen Weihnachtsbändchen zugebunden. Danach gingen sie gemeinsam in den Garten. Lange überlegten sie, wo ein besonders schönes Plätzchen für Max gefunden werden könnte. Endlich fanden sie es in der Nähe eines Haselnußstrauches. Mutter grub mit der Schaufel ein kleines Loch und setzte die Schachtel mit dem toten Max hinein. Dann schaufelte sie das Loch wieder zu. Aus dem Vorgarten nahm sie einige weiße Steine und legte sie auf das kleine Grab. Ihr Sohn war völlig zufrieden. So konnte Max in Ruhe dort liegen. Nach der feierlichen Beerdigung fragte die Mutter ihren Sohn. „Sollen wir wieder einen neuen Goldhamster kaufen?" Sie hoffte, ihn damit für die Zukunft ruhig zu stellen. „Nein, das geht doch nicht. Der Max war mein Freund und den kann ich nicht vergessen." Einige Wochen später, andere Ereignisse hatten den Tod des Goldhamsters in den Hintergrund gedrängt, waren Mutter und Sohn in der Küche, als die Sprache auf Max kam. „Mutti, was passiert nun mit Max?" „Max," erklärte die Mutter, „der ist jetzt im Goldhamster-Himmel." Ihr Sohn war zufrieden, zumindest hatte es den Anschein. Zwei Stunden später, Mutter bereitete das Abendbrot vor, kam ihr Sohn in die Küche mit einer mit Erde verklebten Schachtel unter dem Arm. Das Band hatte er schon aufgemacht und die Schachtel offensichtlich auch. In der Schachtel konnte man das Skelett eines Tieres, Reste vom Fell und etwas Watte sehen. Das Kind deutete entrüstet auf den Inhalt der Schachtel und sagte zu seiner Mutter: „Ich denke, der Max ist im Himmel". Ich spare mir den Rest der Erzählung. Es dauerte lange, bis der Sohn seiner Mutter wieder vollständig Glauben schenkte. Mißtrauen blieb, denn die Erklärung der Mutter, daß Max zwar im Himmel sei, dieser aber nicht der hell- oder dunkelblaue, ab und zu mit Wolken verhangene Himmel sei, den er über sich sehen konnte, leuchtete ihm nicht ein. Außerdem konnte das schon deshalb nicht stimmen, weil die Reste von Max ja noch da waren.

Der Verlust des Elternhauses

Sie konnten einem schon leid tun. Der kleine Moritz und die ältere Helene standen nach der Beerdigung ihrer Eltern verlassen herum. Die Eltern waren am letzten Donnerstag bei einem Autounfall ums Leben gekommen. Jetzt waren die Kinder allein. Großeltern waren nicht da und von den näheren Verwandten war niemand geeignet, beide Kinder zu sich zu nehmen. Sie hatten zwar noch einen Bruder im Ausland, der 34 Jahre alt war, aber niemand wußte, wo er sich aufhielt. Ein Bruder der Mutter und seine Frau waren wohl bereit, das Mädchen bei sich aufzunehmen. Für Moritz hatte sich jedoch noch niemand gefunden. Es blieb somit nur die Möglichkeit, ihn in ein Waisenhaus zu geben. Zwar waren sich alle darüber im Klaren, daß dies nicht die ideale Lösung war, aber andere Möglichkeiten waren nicht in Sicht. Zwar war das letzte Wort noch nicht gesprochen., aber es würde wohl darauf hinauslaufen. Moritz und Helene hatten am Rande mitbekommen, daß sie getrennt werden sollten. Helene mit ihren 15 Jahren verstand ziemlich genau, was auf sie beide zukommen würde. Sie würden auseinandergerissen werden und sich möglicherweise niemals mehr sehen. Es war auch nicht ausgeschlossen, daß Moritz zu Pflegeeltern kam oder im Heim völlig verwahrloste. Sie wollte sich mit allem, was möglich war, dagegen zur Wehr setzen, daß sie beide nicht mehr zusammensein konnten. Deswegen redete sie auch noch bei der Beerdigungsfeier mit ihren mögliche Pflegeeltern, Onkel Helmut und Tante Elisabeth, ob es nicht möglich sein würde, daß Moritz auch zu ihnen kommen könnte. Beide zeigten sich aber nicht bereit, sie verwiesen auf ihr fortgeschrittenes Alter, die Mühen und daß auch Helmut nicht der Gesündeste sei. Auch spätere Gespräche vermochten sie nicht umzustimmen, es würde sich so ergeben, daß in drei Wochen, wenn alle behördlichen Formalitäten geregelt sein würde, Moritz ins Waisenhaus kommen würde. Moritz und Helene sollten sich allerdings in den großen Ferien sehen können. Es war ein herzzerreißender Abschied zwischen den Geschwistern, als der Tag des Abschieds kam. Sie würden in Zukunft auch örtlich weit von einander getrennt sein, denn das neue Zuhause von Helene bei ihren neuen Pflegeeltern lag mehr als 5oo km entfernt. Alles heulte, Moritz schrie, riß sich los und es gelang nur mit der Hilfe der Heimleiterin und zwei Helfern den kreischenden und strampelnden Moritz im Garten einzufangen. Es war aus diesem Grund auch gar nicht möglich, sich richtig zu verabschieden. Die nächsten Tage waren furchtbar für Moritz, die vielen fremden Kinder waren ihm nicht nur ungewohnt, er fand auch keine Sympathie unter ihnen. Er war still, beteiligte sich nicht an den Spielen, sondern stand meist in einer Ecke und streichelte seinen Teddy. Helene hatte sich im Haushalt von Onkel und Tante ganz gut zurechtgefunden, in der neuen Schule einige lose Freundschaften geknüpft, als ihr eines Tages, als sie aus der Schule kam, Tante Elisabeth einen Brief gab. Es war ein Brief von Klaus, dem ältesten Bruder von Helene. Er schrieb, er halte sich in Brasilien auf, es ginge ihm gut und er werde in zwei Wochen nach Hause kommen, um die Eltern und den Rest der Familie zu besuchen. Da in dem Brief auch eine Anschrift vorhanden war, schickte Tante

Elisabeth ein Telegramm an Klaus, in dem sie mitteilte, daß die Eltern verstorben seien und Helene bei ihnen wohne. Tatsächlich erschien Klaus an dem Tag, den er telefonisch vorher angekündigt hatte. Er begrüßte alle herzlich, besonders Helene. Er war besonders überrascht, wie groß und hübsch sie geworden sei. Dann fragte er nach Moritz, und Helene erzählte betrübt, daß er in ihrer Heimatstadt im Waisenhaus untergebracht sei. Klaus unterhielt sich dann lange mit Onkel und Tante. Er erzählte ihnen, daß er nach Deutschland ziehen werde und hier eine Filiale eines brasilianischen Unternehmens leiten werde, außerdem wolle er in den nächsten beiden Monaten heiraten. Dann könnte er mit seiner Frau Helene und Moritz zu sich nehmen. Er werde, wenn niemand etwas dagegen habe, gleich am nächsten Tag bei den zuständigen Behörden vorsprechen. Onkel und Tante fanden die Idee gut, sie hatten zwar die Aufgabe als Pflegeeltern von Helene übernommen, waren aber nicht traurig, davon wieder befreit zu werden. Helene wollte am liebsten gleich zu Moritz ins Waisenhaus fahren, um ihm Bescheid zu sagen, Klaus wehrte aber ab. Er wollte erst die notwendigen behördlichen Voraussetzungen schaffen. Die nächsten zwei Wochen war er dauernd beschäftigt. Er telefonierte, schrieb Anträge, ging zu den Ämtern und konnte nach dieser Zeit sagen, die Vorzeichen stünden nach Auskunft der Behörden gut. Jetzt könnten sie zu Moritz fahren. Am nächsten Wochenende fuhren alle vier in den Heimatort der Kinder. Sie hatten vorher schon mit dem Waisenhaus telefoniert. Alle Vorkehrungen waren getroffen, damit sie Moritz mitnehmen konnten. Bevor sie ihn aufsuchten, sprach Klaus mit der Heimleiterin. Sie erzählte ihm, daß es für Moritz sicher besser sei, wenn er hier wegkomme, denn er passe sich nicht an, spiele mit keinem anderen Kind und schotte sich völlig ab. Er sei praktisch nicht ansprechbar. Klaus, Helene, Onkel Helmut, Tante Elisabeth und die Heimleiterin betraten den großen Saal, in dem kleinere Kinder spielten Sie schauten umher, konnten aber Moritz unter den Kindern nicht entdecken. In einer Ecke fernab von den übrigen Kindern sahen sie ein Kind auf dem Boden sitzen, es redete vor sich hin. Die Heimleiterin meinte, daß könne nur Moritz sein. Sie gingen etwas näher dorthin und stellten fest, daß das Kind offensichtlich auf seinen Teddy einredete. Als die Gruppe vor Moritz steht, ergriff die Heimleiterin das Wort: „Schau mal Moritz, wer gekommen ist!" Mit diesen Worten zeigt sie auf die Umstehenden. Moritz schaute auf, entdeckt Helene, rannte zu ihr und umarmte sie, dann begrüßte er schüchtern Onkel und Tante. Mit dem fremden Mann, der neben Helene steht, konnte er offensichtlich nichts anfangen. Helene stellte Klaus vor, um Moritz die große Neuigkeit mitzuteilen. Er schaute skeptisch von einem zum anderen. Auch als seine Sachen von Tante Elisabeth gepackt wurden und im Auto verstaut wurden, hellte sich seine Miene nicht auf. Er war mißtrauisch und wußte wahrscheinlich nicht genau, was er davon halten sollte. Nach einer kurzen Fahrt ging es zunächst in ein Café. Bei Kakao und Kuchen begann Moritz, sich allmählich wohl zu fühlen. Erwartungsvoll schaute er von einem zum anderen. Dann fragte er zögernd: "Stimmt es wirklich, daß ich nicht mehr ins Heim zurück muß?" Als alle, vor allem Helene, bestätigten, daß er und sie jetzt zusammen bleiben würden und zu Klaus ziehen würden, fand er ihn ganz nett. Er stopfte sich vergnügt den Kuchen in den Mund. Als sie dann aus dem Lokal kamen, ergriff er die Hand seiner Schwester und zuckte auch nicht zurück, als Klaus ihm die Hand entgegenstreckte. Es dauerte nicht lande, da wurde ihm klar, daß sein Leben einen anderen Weg nehmen wurde. Als sie dann auf der Fahrt zurück über Land fuhren und zwei Schafe und ein Lämmchen sahen, das Moritz sogar streicheln durfte, schien aller Kummer vorüber. Moritz hatte die Hand von Klaus ergriffen und wollte sie gar nicht mehr loslassen. Er war zu Hause angekommen!

Wiedersehen nach 50 Jahren

Angst hatten wahrscheinlich beide gehabt vor dem Wiedersehen nach so langer Zeit. Es waren nun fast 5o Jahre her, daß sie sich das letzte Mal gesehen hatten. Sie waren damals in der vierten Klasse der Volksschule gewesen und hatten sich nach dem Schulwechsel auf das Gymnasium aus den Augen verloren. Jetzt kurz vor ihrem 60. Geburtstag war sie durch Zufall auf ihn gestoßen. Beim Blättern im Telefonbuch – sie hatten am Sonntag bei einer kleinen Familienfeier von alten Zeiten gesprochen – war sie an einem Nachnamen hängengeblieben, der sie an ihren alten Klassenkameraden erinnerte. Der Nachname war nicht gerade selten und so mußte sie schon etwas suchen, aber der Vorname war etwas ausgefallen. Na, man konnte es ja versuchen. Wahrscheinlich war er längst aus der Stadt weggezogen. Schließlich war es 50 Jahre her, vielleicht lebte er nicht mehr. Nachdem sie längere Zeit geblättert hatte, wurde sie fündig. Es gab ihn tatsächlich noch oder konnte es andere Personen mit gleichem Vor- und Zunamen geben? Drei Tage zögerte sie. Sollte sie versuchen, ihn anzurufen? Würde er sich an sie erinnern? Sieht es nicht zu aufdringlich aus? Was wäre, wenn es ein anderer sein würde? Und wenn er nett ist, was mache ich dann? Treffe ich mich mit ihm? Diese und viele andere Fragen schossen ihr durch den Kopf. Sollte sie ihren Mann einweihen? Wäre es ein Vertrauensbruch, wenn sie nicht erzählte, was sie vorhätte? Andererseits, was war schon dabei. Wenn der Gedanke des Anrufs zunächst sie nur selten beschäftigte, wurde es allmählich zu einem Thema, daß sie dauernd beschäftigte. Während sie einerseits noch immer Angst vor diesem Schritt hatte, war sie andererseits schon damit beschäftigt, sich den romantischen Verlauf dieses Treffens in den schönsten Farben auszumalen. Wie mochte er aussehen? Er war damals 9 ½ Jahre alt gewesen und ihre erste Liebe. Vielleicht war er dick und hatte eine Glatze! Oder er war dünn wie eine Bohnenstange, herablassend, arrogant und abweisend. Möglicherweise würde er innerlich über sie lachen. Nach den Angaben im Telefonbuch war er ja etwas geworden, im Telefonbuch stand Chefarzt, sie selbst war ebenfalls Ärztin. Man würde also wenigstens Gesprächsstoff haben. Sollte ich in der Praxis oder zu Hause anrufen? Nein, zu Hause kann ich nicht anrufen. Er ist bestimmt verheiratet und was denkt sich dann seine Frau! Sie nahm sich vor, morgen gegen 11 Uhr den Versuch zu starten. Nachts schlief sie unruhig. Früh wachte sie mit Kopfschmerzen auf, das machte ihr keinen Mut zu einem womöglich unsinnigen Telefonat mit einem Unbekannten. Nach dem Frühstück besserte sich die Laune, draußen schien die Sonne, das machte ihr zusätzlichen Mut. Also setzte sie sich vor den Telefonapparat, es meldete sich nach ihrem zittrigen Wählen die Praxis, wahrscheinlich eine Arzthelferin. Nein, der Chefarzt sei nicht da. Persönlich? Sie könne ihr ruhig alles erzählen, wenn sie persönlich mit ihm bekannt sei. Sie solle doch ihre Telefonnummer hinterlassen, er werde sicher zurückrufen. Entmutigt legte sie auf. Zwar hatte sie den Namen, d.h. ihren Mädchennamen und die Telefonnummer angegeben, sie war aber überzeugt, daß sich damit die Angelegenheit erledigt hatte. Sie wartete den ganzen Nachmittag, aber es passierte nichts. Als ihr Mann gegen 18 Uhr nach Hause kam, war sie nervös und durcheinander. Sie rang mit sich, ob sie ihm von ihrem Vorhaben erzählen sollte. Nach längerer Überlegung entschloß sie sich, ihren Mann einzuweihen. Er hörte ihr genau zu, unterbrach sie nicht einmal. Dann lächelte er und sagte salomonisch: „Warum regst du dich so auf? Versuch es noch einmal. Wenn er sich mit dir treffen will, dann geh hin. Du würdest dein ganzes Leben glauben, du hättest etwas verpaßt." Sie war beruhigt, daß er soviel Verständnis hatte und dankte ihm dafür. Am nächsten Morgen überlegte sie, wann sie noch einmal den Versuch unternehmen sollte. Gegen 10. 30 Uhr, sie war noch zu keiner Entscheidung gekommen, klingelte das Telefon. Sie ging an den Apparat und meldete sich. Er war dran, sie erkannte ihn sofort. Er war sehr freundlich, wußte sofort, wer sie war und schlug vor, sie sollten sich nächste Woche treffen. Sie akzeptierte alles, was er vorschlug. Das Gespräch war schnell zu Ende. Sie hatten sich in einem kleinen italienischem Lokal im Norden der Stadt verabredet. Er wollte eine Tageszeitung unter dem Arm tragen. Sie war noch ganz verwirrt. Was hatte er noch gesagt? Er hatte auf die Vergangenheit Bezug genommen und leise gelacht.

Die Tage vergingen. Sie stand vor dem Spiegel und machte sich chic für das Treffen. Sie war aufgeregt wie ein junges Mädchen vor ihrem ersten Rendezvous. Sie betrat pünktlich das Restaurant. Hinten in einer Ecke saß ein graumelierter Herr mit einer Tageszeitung. Sie erkannte ihn nicht sofort. Aber als sie zaghaft seinen Namen flüsterte und er nickte, wußte sie, daß sie richtig war. Sie unterhielten sich lange über die Schulzeit, die Berufsausbildung und die letzten 50 Jahre. Es war ein schönes Gespräch, aber doch nicht das, was sie sich vorgestellt hatte. Auf dem Heimweg hatte er sie zur U-Bahn gebracht. Sie konnte die Zeit der kindlichen Liebe nicht zurückdrehen. Sie seufzte, wenigstens einen Hauch Romantik hatte sie erwartet. Vielleicht waren ihre Erwartungen auch zu hoch gewesen. Über den unerreichbaren Träumen hatte sie die vergangene Zeit vergessen. Ihr war immer der letzte gemeinsame Tag in Erinnerung gewesen. Bis gestern hatte sie sich über sich selbst und ihre damalige Freundin geärgert. Am letzten Tag der vierten Klasse hatte er ihr einen Liebesbrief, ihren ersten und einzigen Liebesbrief im Leben geschrieben. Sie hatte ihn aus Furcht vor Entdeckung erst abends lesen dürfen. Weder die Lehrer noch die gestrengen Eltern hätten dafür Verständnis gehabt. Sie hatte dann zwei Tage später einen Antwortbrief geschrieben und ihn ihrer besten Freundin zur Weitergabe gegeben, denn sie wußte, daß sie ihn ein paar Tage später in der Kirche sehen würde, während sie schon auf der Reise ins Internat sein würde. Sie hatte niemals mehr etwas von ihm gehört, später, Jahre später, hatte ihre Freundin ihr gebeichtet, sie habe aus Eifersucht den Brief nicht weitergegeben, sondern ihn, nachdem sie ihn gelesen hatte, weggeworfen. So war ihre erste Liebe vergangen. Sie hatte ihm heute die ganze Geschichte erzählt, aber seine Reaktion war nicht so, wie sie es erwartet hatte. Doch, was hatte sie erwartet? Daß er sie in die Arme nehmen würde, daß er den Verlust seines Glücks bedauert hätte? Er machte einen ausgeglichenen, zufriedenen Eindruck. Sie würde ihn, auch wenn er vorgeschlagen hatte, sie könnten sich zusammen mit ihren Partnern treffen, niemals wiedersehen. Es war vorbei. Traurig fuhr sie durch die dunkle Nacht.

Die Sportlerin

Sie war die einzige Sportlerin aus ihrem Land. Der Sportverband hatte sie als einzige für würdig befunden, an diesen Olympischen Spielen teilzunehmen. Jetzt war sie hier, war unsicher unter den vielen Menschen. Niemals hatte sie so viele Sportler zusammen auf einem Wettkampf gesehen. Nur weil die Olympiade stattfand, war sie überhaupt hier zugelassen worden. Bei den normalen internationalen Wettkämpfen hätte sie schon deshalb nicht teilnehmen dürfen, weil ihre sportliche Leistungen den internationalen Maßstäben nicht entsprachen. Ziemlich verloren stand sie am Start des Marathon-Laufs und wartete auf das Startzeichen. Die Sportlerinnen neben ihr machten einen durchtrainierten Eindruck, sie hatten ein auf den Leib geschneidertes Trikot, passenden Hosen und Rennschuhe an, die sie sich nie würde leisten können. Ihre Ausstattung wirkte dagegen etwas ärmlich. Sie trug über den krausen Haaren eine Schirmmütze, die sie bei einem Wettkampf in ihrer Heimatstadt in Westafrika von einem Sportler aus den USA geschenkt bekommen hatte. Die Mütze hatte inzwischen schon viele Sportfeste gesehen, war an den Rändern leicht angegraut, hatte einige Flecken, die beim Waschen nicht herausgegangen waren. Das Trikot war einmal weiß gewesen, jetzt grau-braun. Die Hose war schwarz. An den Füßen trug sie Turnschuhe einfachster Art ohne besonderes Fußbett. Nachdem der Starter das Startkommando gegeben hatte, setzte sich die Masse der Läuferinnen in Bewegung. In einem für sie ungewohnten Tempo begann das Gros der Läuferinnen, den ersten Kilometer in Angriff zu nehmen. Sie hatte fünfhundert Meter versucht, mitzuhalten, hatte dann aber einsehen müssen, daß sie bei dieser Geschwindigkeit nach spätestens drei oder vier Kilometern keine Kraft mehr haben würde. So fand sie sich nach einiger Zeit am Ende des Pulks in einer kleinen Gruppe wieder, die gemächlich vorantrabte, ohne sich um Zeiten der vor ihnen liegenden Sportler zu kümmern. So ging es während des gesamten Laufes. Auch hier gab es wieder Qualitätsunterschiede zwischen den Leichtathleten. Einige aus dieser Gruppe der Nachzügler hatten sich etwas nach vorn abgesetzt und nach etwa der Hälfte der Zeit liefen nur noch zwei andere Afrikanerinnen und eine Asiatin neben ihr. Dann lösten sich auch diese von ihr und lief sie völlig allein. Bald war weder vor noch hinter ihr irgend jemand zu sehen. Die Helfer an der Strecke verließen nach ihr ihren Platz, die restliche Trinkflaschen bei den Verpflegungskontrollen wurden weggeräumt und die Ordner gaben die Absperrungen frei. Sie erreichte das Stadion erst 2 ½ Stunden, nachdem die Siegerin durch das Ziel gegangen war und die meisten Zuschauer hatten auch bereits ihre Plätze verlassen. Die Schiedsrichter reagierten zu ihrer Verwunderung nur mit einem Lächeln auf ihren Endspurt und den Zieleinlauf. Erschöpft warf sie sich ins Gras. Kurze Zeit später kam ein Offizieller auf sie zu und sprach sie auf Englisch an. Sie verstand nur einige Brocken, da sie die englische Sprache nicht beherrschte. Von Disqualifikation, Überschreitung der Höchstzeit war die Rede. Während sie eben noch glücklich war, das Ziel, wenn auch spät, erreicht zu haben, war sie jetzt völlig verzweifelt. Wenn sie nicht auf der Teilnehmerliste erschien, weil sie disqualifiziert wurde, dann verlor sie nicht nur die Genugtuung, an diesem bedeutendsten Ereignis teilgenommen zu haben und bis zum Ziel durchgehalten zu haben, nein, sie würde auch mit harten finanziellen und anderen Konsequenzen in der Heimat rechnen müssen. Man würde davon ausgehen, daß sie gar nicht angetreten sei, würde ihr die staatliche Förderung als einziger Leichtathletin des Landes entziehen und sie würde öffentlich beschimpft und geschmäht werden. Was würde ihre Familie darüber denken, ihre Eltern, die so stolz auf sie waren, daß sie hierher fahren durfte? Es war nicht auszudenken. Verzweifelt redete sie auf den Schiedsrichter ein, der jedoch darauf verwies, die Disqualifikation ergebe sich aus den gültigen Olympischen Regeln. Sie schimpfte zuerst, dann heulte sie und flehte den Schiedsrichter an, sie doch nicht zu disqualifizieren. Sie machte ihm mit Händen und Füßen und den wenigen Sprachbrocken Englisch klar, welche harten Konsequenzen für sie durch eine Disqualifikation entstehen würden. Während er zunächst nicht kompromißbereit war, hörte er ihrem teils gesprochenen, teils geheulten Kauderwelsch zunehmend zu. Aber was war zu tun? Die Regeln waren eindeutig. Wer mehr als eine Stunde später als die Siegerin ins Ziel kam, kam nicht in die Wertung. Wenn sie ehrlich war, war sie niemals weniger als 2 1/2 Stunden später als die internationalen Spitzensportler ins Ziel gekommen. Der Schiedsrichter schaute zum Himmel, dann zu ihr.

Er überlegte angestrengt, dann kam ihm eine Idee. Ich trage als Zeit eine Stunde 58 Minuten nach der Siegerin ein. Da ist keine andere Läuferin mehr ins Ziel gekommen. Sie selbst werden ihre Zeit ja nicht korrigieren. Ohne weiter auf ihre Zustimmung zu warten, trug er diese Zeit in die Ergebnisliste ein. Und so wurde alles gut. Sie wurde von ihrem Verband nach der Rückkehr grandios gefeiert und hatte bei den Olympischen Spielen ihre Bestzeit um mehr als 1/2 Stunde verbessert.

Mit Anstand sterben

Er war irgendwie erleichtert. Auch wenn es schrecklich für ihn war, die Gewißheit war ihm doch lieber als die furchtbare Angst vor dem permanenten flauen, völlig unberechenbaren Eintreffen eines drohenden Schicksals. Jetzt wußte er genau, in absehbarer Zeit würde er blind sein. Immer hatte er die Möglichkeit vorausgesehen, sie gefürchtet, sie geahnt, sie verdrängt, mit dem Zustand gespielt, die Augen geschlossen, mit der Vorstellung, eines Tages bei offenen Augen nur Dunkelheit zu spüren. Die Unsicherheit würde ihn packen, er, der Fels der Unabhängigkeit würde ein hin- und hergestoßenes Etwas im Getriebe anderer sein, in wichtigen Augenblicken von anderen abhängig, ihrem guten Willen ausgeliefert, von der größten Höhe der Macht hinabgestoßen ins Nichts der Schwäche. Sein Stolz würde Vergangenheit sein. Als er wieder zur Besinnung kam, wich die Trauer, die Verzweiflung zurück und alles konzentrierte sich auf zwei Fragen: Kann man sich vorbereiten auf den Tag, die Stunde, den Augenblick? Kommt die Dunkelheit allmählich oder plötzlich? Viele derartige Fragen beschäftigten ihn auf dem Weg vom Arzt nach Hause. Als er dort angekommen war und sich nach einigen Stunden der mit seiner Frau geteilten Verzweiflung allmählich sein Geist beruhigte, der Nebel vor seinem Verstand langsam hernieder fiel, faßte er sich. Ihm wurde klar, wie er die nächste Zeit verbringen würde. Er wollte noch einmal reisen, sich satt sehen an der Welt, die Schönheiten aufnehmen, damit er später davon zehren konnte. Das war das Letzte, was ich vor vier Monaten von ihm, meinem ältesten Freund und seiner Frau gehört hatte. Vor zwei Tagen waren sie nun zurück und Elisabeth hatte mich gestern angerufen und mich und meine Frau für heute Abend zum Essen eingeladen. Sie war freundlich, ja fast fröhlich gewesen. Sie sagte noch: „ Bringt viel Zeit mit! Wir, vor allem Kurt, haben viel zu erzählen." Und so waren wir denn heute gegen 19 Uhr bei unseren Freunden, wie vereinbart, eingetroffen. Ach, beinahe hätte ich es vergessen. Sie hatte noch am Telefon gesagt:„Macht Euch schön, Kurt will es so." Also hatte ich meinen dunklen Anzug und meine Frau ihr blaues Kostüm angezogen. Elisabeth machte uns auf, auch sie war elegant gekleidet. Das letzte Mal hatte ich sie bei einem geschäftlichem Empfang zum 65. Geburtstag von Karl, einem unserer gemeinsamen Bekannten so gesehen. Kurt hatte den dunkelblauen Anzug mit Nadelstreifen an, den er immer bei festlichen Anlässen zu tragen pflegte und eine silbergraue Krawatte. Er kam strahlend auf uns zu und begrüßte uns herzlich wie immer. Margot und er begrüßten sich mit einem Kuß auf die rechte und linke Wange wie Elisabeth und ich. Ich betrachtete Kurt genau, um festzustellen, ob ich etwas bemerken könne, wie es mit seinem Sehvermögen stünde. Aber es fiel mir nichts auf. Er schien etwas schlanker zu sein. Er bewegte sich wie immer. Kurt schien meine Blicke bemerkt zu haben und sagte: „Du kannst beruhigt sein. Noch kann ich sehen. Aus ist es erst nach der Tumoroperation am Kopf und die ist erst am Dienstag!" Das war das erste Mal, daß wir etwas von der geheimnisvollen Krankheit von Kurt hörten, bisher waren nur Gerüchte über eine bevorstehende Erblindung zu uns gedrungen. Weder Kurt noch Elisabeth hatten mit

uns darüber gesprochen. Wir gingen von einem allmählichen Nachlassen des Augenlichts aus, einer schleichenden Krankheit, nicht aber von einem Wechsel von Tag zu dauernder Nacht innerhalb von Stunden. War das nicht viel schlimmer als das langsame Schwinden der Helligkeit, schoß es mit durch den Kopf. Kurt hatte meine Bestürzung bemerkt. Ich hatte mich nicht verstellen können, ich war immer nur ein jämmerlicher Schauspieler gewesen. Meine Frau hatte mir schon unzählige Male gesagt, daß man mir jede Gefühlsregung sofort ansehen würde. Kurt machte eine scherzhafte Bemerkung, um mich aufzumuntern. „Jetzt mach nicht so ein Beerdigungsgesicht. Unkraut vergeht nicht!" Dann forderte er mich auf, mit ihnen anzustoßen. Dabei lächelte er. Ich bewunderte seine Fassung, obwohl ich fest den Eindruck hatte, er sei gar nicht traurig oder betroffen. Jedenfalls sagte er uns, er wolle mit uns einen schönen Abend verbringen. Zunächst hatte ich vermutet, es wären noch andere Gäste eingeladen. Gerade die Bemerkung von Elisabeth über die Kleidung hatte uns dies vermuten lassen und wir hatten uns den Kopf zerbrochen, wen von unseren gemeinsamen Bekannten wir sehen würden. Aber es war nur für vier Personen gedeckt. Aber dafür hatte die Hausfrau all das feierlich gedeckt, was das Haus an schönem Porzellan und Besteck hatte. Es würde ein festliche Mahl werden. Anhand der vielen Bestecke, der Gläser wurde deutlich, das war kein kurzer Imbiß. Nachdem wir unseren Champagner ausgetrunken hatten, gab es einen trockenen Sherry. Ein Krabbencocktail mit französischem Weißbrot reizte unsre Geschmacksnerven, der Alkohol machte uns etwas entspannter und wir unterhielten uns über belanglose Dinge. Meine Frau und ich bemühten uns, Themen anzusprechen, die unproblematisch waren, Wetter, Politik und andere unpersönliche Dinge. Danach kamen wir zum Hauptgang. Es gab Züricher Geschnetzeltes mit Pilzen und Kartoffelplätzchen, dazu eine Riesling Spätlese aus dem Rheingau.
Es war mein Lieblingsgericht. Zunächst traute ich mich nicht recht, nochmals nachzunehmen. Ich hatte ein undifferenziertes Gefühl. Ich konnte mir nicht helfen, mir schoß ein Gedanke durch den Kopf. War das hier ein vorweggenommener Leichenschmaus? Meine Überlegungen wurden durch Elisabeth jäh unterbrechen, sie stand mit der Schüssel neben mir und war gerade dabei, meinen Teller mit einer neuen übergroßen Portion zu füllen und ich konnte sie gerade noch davon abhalten oder mich davor retten, daß sie den ganzen Rest auf meinem Teller ablud. Ich muß ein ziemlich bedeppertes Gesicht gemacht habe, jedenfalls richteten sich alle Blicke auf mich und alle lachten. „ Hast Du einen Geist gesehen?", fragte mich Kurt. „Nein, nein", stammelte ich, „es schmeckt aber wirklich toll!" Die Teller waren abgeräumt, wir tranken in aller Ruhe den kühlen Wein und es war schön und gemütlich. Man hatte irgendwie den Eindruck, daß alle auf das entscheidende Stichwort warteten. Wer gab den Einsatz?

Es war meine Frau, ich weiß nicht, ob es beabsichtigt war, jedenfalls forderte sie die beiden auf: "Erzählt doch mal etwas von Eurer Weltreise. Wie war es, wo wart Ihr und wie kamt Ihr dazu?" Kurt und Elisabeth sahen sich an, dann ergriff Kurt das Wort und begann zu erzählen: „Wie Ihr vielleicht wißt, hatte ich Ende letzten Jahres oft Kopfschmerzen, ab und zu wurde mir schwarz vor den Augen. Ich ging also zu unserem Hausarzt, der mich untersuchte und mir Aspirin verordnete. Er glaubte, ich sei erkältet. Da es aber nicht aufhörte, überwies er mich an einen Neurologen und, weil ich Augenschmerzen hatte, auch an einen Augenarzt. Also, ich mache es kurz, sie haben einen Tumor im Kopf festgestellt. Ich muß operiert werden, sonst ist es aus, aber ich werde das Augenlicht verlieren. Das heißt, wenn ich mich nicht operieren lasse, geht es mit mir in drei Monaten zu Ende, wenn ich mich operieren lasse, werde ich blind. Eine Alternative gibt es nicht. Ja, das war die Auskunft der Ärzte. Ich brauche Euch wohl kaum sagen, wie mir zumute war. Dann haben wir lange überlegt, wie es weitergehen soll. Manchmal habe ich schon überlegt, ob ich Schluß machen soll. Aber dann,..., ich wollte noch einmal die Schönheiten der Welt sehen. Und das haben wir dann auch getan. Vor etwas über vier Monaten ging es los. Wir starteten in Richtung Westen, unser erstes Ziel war San Francisco, dann ging es weiter nach Hawaii. Wir haben den Strand, die Sonne, das warme Wasser genossen. Es war herrlich. Eine Steigerung waren dann die Südsee, Fidschi, Tonga. Schöne Frauen, Palmen, das gute Essen, die Drinks. Wir haben viel erlebt. Es war schöner als auf der Hochzeitsreise, die damals vor 40 Jahren aus finanziellen Gründen nur zum Ammersee ging. Dann kamen die Kinder, der Aufbau meiner beruflichen Existenz, alles Geld ging ins Geschäft." Kurt hat eine Import-Export–Agentur, die florierte. Aber ich kann mich nicht erinnern, wann er und Elisabeth mal Urlaub gemacht haben. „Danach", so fuhr er fort, „ging es nach Japan und nach China." „Wir haben die chinesische Mauer gesehen, die vielen Menschen, die Hochhäuser. Es war der helle Wahnsinn! In Shanghai ist mir erst klar geworden, wieviele Menschen Chinesen sind. Es war höchst beeindruckend. Dann die großen Buddha-Statuen in China, Thailand. Mit dem Essen hatten wir auch keine großen Probleme. Wir hatten mit Krankheiten, Durchfall usw. gerechnet, aber es ist nichts passiert. Vielleicht zeigen wir Euch das nächste Mal die Filme, die ich gedreht habe. Wir haben es in vollen Zügen genossen. Es kam mir wie die Erfüllung aller meiner Lebensträume vor. Schöne Landschaften, Zeit und mit Elisabeth endlich einmal im Urlaub für lange Zeit allein. Bevor ich blind werde, wollte ich die Schönheiten der Welt noch einmal sehen, saftige, grüne Wiesen, dunkle Wälder, Flüsse, das Meer, Sonnenauf- und untergänge. Man könnte vieles dazu sagen. Dann kamen wir nach Hause, wir waren ruhig, zufrieden und diskutierten über den Operationstermin. Nach einigen Tagen wurde ich unruhig. War es das, was wichtig war für die Zeit der Dunkelheit? Nicht die Schönheit der Welt war alles, was uns prägt. Auch die häßlichen Seiten gehören dazu. Ich erklärte Elisabeth meinen Plan und sie war einverstanden. Wir wendeten uns an Hilfsorganisationen und ließen uns Gebiete mitteilen, wo Menschen in Not sind, wo Kinder hungern, ja verhungern müssen, wo Menschen gefoltert werden. Dann sind wir losgefahren in die Elendsquartiere der Welt. Und was wir gesehen haben, schlimm ist kein Ausdruck! Es war die Hölle! Ich hätte nicht für möglich gehalten, daß es solche Armut, ein derartiges Elend gibt! Da leben ganze Familien, Hunderte, Tausende von Menschen auf brennenden Müllhaufen. Abgemagerte Kinder, Greise suchen im Dreck nach Essen.

Kinder trinken aus Wasserlachen, erkranken an Cholera, Malaria. Aids und andere Krankheiten raffen ganze Volksgruppen aus. Es würde Tage dauern, alles Elend nur annäherungsweise zu schildern." Kurt machte eine Pause, schaute uns dann beide an und sagte: „Ihr werdet jetzt sicher fragen, was uns diese Reise gebracht hat." Er nahm einen Schluck Wein, wandte sich dann mir fragend zu und gab sogleich die Antwort: „Das erste Mal in meinem Leben wurde mir bewußt, daß sich die Welt nicht um mich dreht, daß mein Schicksal für die Vergangenheit, Gegenwart und Zukunft der Welt völlig unbedeutend ist. Und es war mir deutlich, daß das richtig ist. Denn, wenn Hunderttausende verhungern, wenn sie Durst leiden, Eltern den Tod ihrer Kinder ohnmächtig mit ansehen müssen, ist es dann wichtig, was mit mir wird, ob ich lebe, sehen kann. Ich bin jetzt zufrieden und ich glaube, Elisabeth auch." Er schaute fragend zu seiner Frau und als diese nickte, fuhr er fort, „Jetzt kann ich beruhigt abwarten, was passiert." „Ich brauche mich nicht mit meinem Schicksal auseinanderzusetzen, es ist auch kein Fall von Fatalismus nach dem Motto, man kann es nicht ändern. Nein, ich fühle zum ersten Mal, daß ich mehr als 65 Jahre Glück gehabt habe, das Schicksal mich und die Meinen begünstigt hat. Ich weiß, daß ich das nicht verdient habe, denn die, die im Elend leben, haben es auch nicht verdient. Wir alle müssen mit dem, was wir haben und uns gegeben wurde, auskommen. Dabei haben wir es leichter gehabt, aus dem etwas zu machen, was uns gegeben wurde. Der Ausgangspunkt war besser. Wenn es jetzt erforderlich sein sollte, ohne Augenlicht auszukommen, dann kenne ich die Realität, ich habe sie gesehen. Ich kann zwischen schön und häßlich unterscheiden, dazu brauche ich die Augen nicht unbedingt. Wenn ich die Operation nicht überleben sollte, dann ist es auch gut. Das haben wir beide festgestellt. Wir haben wenigstens einen winzigen Teil des Wesentlichen des Lebens erfahren und das reicht für ein erfülltes Leben!" Damit schloß er seine Rede. Ich habe ihn nie vorher im privaten Kreis so viel und so ernst, aber auch so gefaßt und dabei so ruhig und ausgeglichen, eher fröhlich reden hören. Wir schauten zu Elisabeth und stellten fest, daß sie sich offensichtlich mit den Worten ihres Mannes identifizierte. Ein leichtes Lächeln lag auf ihrem Gesicht. Auch sie machte einen zufriedenen Eindruck. Nach dieser Rede entstand ein kleiner Moment der stillen Nachdenklichkeit bei uns. Kurt schenkte neuen Wein ein und fragte dann unvermittelt nach unseren Urlaubsplänen in diesem Jahr. Das enthob uns uns einerseits einer Stellungnahme und andererseits hatten wir nicht mehr die Möglichkeit, Fragen zu stellen. Das war mir in diesem Augenblick, wie ich mir später eingestand, auch recht. Der Abend klang in aller Ruhe und Harmonie aus. Gegen 1 Uhr gingen wir nach Hause. Am nächsten Tag unterhielten sich meine Frau und ich nur kurz über den letzten Abend. Das Gespräch konzentrierte sich nur auf eine einzige Frage: Meinten die beiden es ernst? Zunächst gab es einige Zweifel, wir waren uns in der Diskussion einig, daß sie gefaßt waren und keinen Grund hatten, uns anzulügen. Und – das hatte uns am meisten überzeugt – beide machten einen glücklichen Eindruck. Ein Arbeitskollege war mit seiner Frau zum Nachmittagskaffee gekommen und wir sprachen über alles Mögliche, Belanglosigkeiten. In der folgenden Zeit hatten wir keine Gelegenheit zum Grübeln mehr gehabt, das Schicksal von Kurt, seine Operation am Dienstag waren unserer Aufmerksamkeit entglitten. Mittwochabend, als ich aus dem Büro kam und wie gewohnt meine Frau fragte, was es Neues gäbe, sagte meine Frau tonlos, dabei blickte sie an mir vorbei :"Kurt ist gestorben!"

Ich war wie vor den Kopf geschlagen. In meinem Kopf überschlugen sich meine Gedanken. Dann fragte ich: „Woher weißt Du es und wann ist es passiert?" „Elisabeth hat vorhin angerufen. Er ist nach der Operation nicht mehr aufgewacht!" „ Und welchen Eindruck machte sie?" „Es ist völlig ungewöhnlich. Sie hat gesagt, wir haben damit gerechnet und deswegen gibt es keinen Grund zur Trauer. Kurt hat es Euch am Samstag doch erklärt. Es gibt nichts Weiteres zu sagen. Behaltet ihn in guter Erinnerung! Sie machte einen fast fröhlichen, jedenfalls einen ausgeglichenen Eindruck." Ich werde ihn nie vergessen. Ein glücklicher Mensch war gestorben!

Die Angst vor der Krankheit

Er war ein lieber, netter Kerl. Alle Welt liebte ihn. Er war geduldig, freundlich, intelligent. Man hörte ihm gerne zu, fragte ihn bei wichtigen Fragen um Rat. Wenn es etwas zu streichen, zu tapezieren gab, wenn der Schrank herausgetragen werden sollte, ein Kind zum Bahnhof gebracht werden mußte, war er stets zur Stelle, war dabei freundlich, beschwerte sich nicht und machte nicht den Eindruck, man müsse sich ständig revanchieren. Gerne wurde er zum Essen eingeladen. Er hatte immer etwas vor, so daß man sich immer einige Tage vorher bemühen mußte, um ihn zu erreichen. Meist war er völlig im Streß, er machte einen völlig abgehetzten Eindruck. Stets war die Hölle los. Man hatte unentwegt den Eindruck, er sei auf der Flucht. Dabei ist er hochintelligent und sieht ganz gut aus. So meint jedenfalls die Damenwelt, die ihn kennt, auch wenn er mit seinen nunmehr 63 Jahren noch nicht die Richtige gefunden hat und wahrscheinlich nicht mehr finden wird. Darauf kann man jedenfalls schließen, wenn man seine Reden über die Frauen an sich, das Leben und die Zukunft hört. Vielleicht hatte er eine Eigenart, meine Frau und andere Freunde meinen, es sei eine richtige Macke, er habe einen Span locker, nicht alle Blumen auf dem Balkon und so ähnlich. Er ist ein Gesundheitsfanatiker. Was das ist, wollen Sie wissen? Ich kann Ihnen nur schildern, wie sich dieses Phänomen bei ihm auswirkt. Zunächst hat er sommers wie winters mindestens 3 – in Worten: drei - lange Unterhosen und 2 – in Worten: zwei - lange Unterhemden an, darüber folgen lange Kniestrümpfe aus Baumwolle und zwei, im Winter drei Pullover. Die Ausrüstung wird im Winter durch einen Anorak, einen Schal und eine Pudelmütze vervollständigt. Ich habe ihn lange Zeit nicht gesehen und ein Freund, der ihn gesehen hat, berichtete kürzlich, er habe ihn vor zwei Monaten mit einem Sturzhelm über der Pudelmütze gesehen. Vergessen habe ich natürlich fast das Wichtigste: Dieser Mann ist ein Radfahrer. Er fährt nur Fahrrad, tagaus, tagein, bei Regen, Schnee und Sonne, nimmt das Rad mit in die Bahn, zu allen gesellschaftlichen Verpflichtungen. Dies hat zur Folge, daß er meist mit dreckigen Klamotten erscheint und zunächst einmal eine gründliche Reinigung vorgenommen werden muß. Ich will weitere Einzelheiten heute weglassen. Wenn es interessiert, kann ich darauf noch zurückkommen. Auch sind seine sonstigen Skurrilitäten nicht von besonderer Bedeutung. Ich muß vielleicht nur auf eine einzige hier noch kurz eingehen, weil sie im Kontrast zu seinen übrigen Gewohnheiten steht. Er raucht Pfeife. Nun hält man diese Angewohnheit möglicherweise für nichts Ausgefallenes. Zigaretten- und auch Pfeifenraucher sind nichts Besonderes, aber bei unserem Freund war es doch etwas anderes. Er besaß nur eine Pfeife, ihr Alter schätze ich auf zwanzig Jahre. Sie war außen braun, hatte wohl ca. 18 DM gekostet. Innen war sie vom vielen Rauchen kohlrabenschwarz. Das Mundstück war abgebissen und zerfranst. Er rauchte, obwohl er sehr vermögend ist, nur die billigste Sorte Tabak. Wir, seine Freunde, meinten immer, es sei „Bahndamm dritter Schnitt". Unabhängig von der Tabaksorte waren aber auch seine Rauchgewohnheiten ungewöhnlich.

Er ließ die Asche in der Pfeife, steckte etwas Tabak hinein und versuchte mittels eines Päckchens Streichhölzer die Pfeife in Brand zu stecken. Hatte er das geschafft, rauchte er drei Züge, dann ging die Pfeife aus und dieser Vorgang wiederholte sich, bis nur noch Asche übrig war. Dieser Vorgang konnte sich bei immer neuen Ladungen dieses „vorzüglichen" Tabaks eine ganze Nacht oder einen Nachmittag hinziehen. Nun hätte man angesichts dieser Rauchgewohnheit denken können, er triebe ohne Rücksicht Raubbau mit seinem Körper, aber weit gefehlt. Ganz im Gegensatz dazu achtete er neben der warmen Kleidung stets darauf, daß er nicht krank wurde. So schluckte er Lebertran, war der beste Kunde im Reformhaus, nahm Pillen für die Muskeln, den Kreislauf, Pülverchen aus Heilkräutern, speichelte Lehm ein, so daß er stundenlang mit erdig verklebtem Mund herumlief. Normales Essen verschmähte er fast völlig, ab und zu wurde er sündig und aß etwas bei anderen, wenn er seine Heilmittel nicht zur Verfügung hatte. Zum Arzt ging er nur höchst selten und nur dann, wenn er sicher sein konnte, daß kein anderer Patient da war, der ihn anstecken konnte. Deshalb rief er meist einige Tage vorher an und die Sprechstundenhilfe mußte den Termin so legen. Die kleinste Erkältung verursachte bei ihm und allen Anwesenden größte Aufregung. Hustete er mehr als einmal und hatte er sich nicht verschluckt, dann befürchtete er, daß eine Lungenentzündung bevorstehe. Er sagte alle Termine ab und erklärte lautstark, daß sein Tod wohl unmittelbar bevorstehe. Das war auch das eigentlich Problem. Bei Hilfsarbeiten. ritzte er sich an einem Nagel und es kam ein Blutstropfen, mußte man ihn sofort in das nächste Krankenhaus fahren, damit er am Leben bleiben konnte. Die meisten seiner und meiner Freunde kennen seine Marotte gut genug, lächeln darüber und leben dabei gut. Er hat bisher auch alle Stürme des Lebens und die Angriffe der Viren und Bakterien auf seinen Körper überstanden. Jeder, der ihn sieht, ist davon überzeugt, daß er bei voller Gesundheit noch zwanzig oder dreißig Jahre leben wird. Er trinkt nicht, hält sich sportlich fit durchs Radfahren, ißt nur Gesundes.

Ich habe ihn lange Zeit nicht gesehen. Neulich sprach mich ein Freund auf ihn an: „Weißt Du eigentlich, daß... gestorben ist?" „Wie denn das? „Krankheit?" „Nein," er ist vom Fahrrad gefallen, mit dem Kopf auf den Randstein und nach der Einlieferung im Krankenhaus gestorben!" Außer dem allgemeinen Bedauern fiel uns beiden nur ein, daß es so skurril wäre, als wenn er an einem Krümel Lehm oder Tabak erstickt wäre. Gesund leben allein, bringt kein ewiges Leben.

Hurra, bald ist Weihnachten

Jedes Jahr das Gleiche. Wochen, ja Monate vorher, in manchen Branchen schon im September, fängt die Vorweihnachtszeit an, wenn man genau hinsieht. Spätestens im September gibt es die ersten Schokoladenriegel, die Aachener Printen und die ersten Mürbteigsterne im Supermarkt. Die letzen Fondanostereier und -osterhasen bekommen die Form von kleinen Tannenbäumen und Nikoläusen. Die 2. Generation von Weihnachtseinkäufern beginnt langsam, den Countdown vorzubereiten.

Die 1. Generation ist im September schon fertig oder hat nur noch kleine Korrekturen der Geschenkpalette vorzunehmen. Für diese Menschen ist das ganze Jahr Weihnachtsgeschenke-Einkaufszeit. Diese 1. Generation sind Weihnachtsge-schenke-Einkaufsprofis. Sie fangen um den 10. Januar nach Umtausch der Geschenke des letzten Weihnachtsfestes an, die Käufe für das kommende Fest zu planen. Im Februar werden dann die ersten Geschenkkataloge gesichtet. Das erste Geschenk für Onkel Fritz ist schon gefunden, ein silberner Halter für das Gebiß zur Nachtzeit. Im März/ April, Ostern naht die erste Reisezeit. Alle strömen in südliche Länder und dort gibt es jede Menge Möglichkeiten, schon an den Weihnachtseinkauf zu denken. Von der Schwarzwälder Kuckucksuhr über den Eiffelturm aus Muscheln, Uhrenimitate von Markenuhren, bemalte oder unbemalte, antike, griechische oder römische Vasen, alle Artikel maschinell vor einigen Monaten in Taiwan, Korea oder der Volksrepublik China hergestellt, ist alles zu bekommen, was für Deutsche preiswert und einzigartig erscheint. Es macht beim Verschenken großen Eindruck, weil es das Flair einer fernen Welt vermittelt. T-Shirts mit Aufdruck von fernen Universitäten, renommierten Sportlern oder Fußballclubs steigern das Prestige für den Käufer und Beschenkten. Der Sommer geht dann etwas ruhiger auf dem Geschenkemarkt für Weihnachten vorüber. Auch jetzt gibt es natürlich noch die Möglichkeit, von der Reise ein besonders seltenes, exquisites Stück, einer angeblich dem Picasso-Original nachempfundenen afrikanischen Plastik für die „Gebildete" in der Verwandtschaft zu erwerben.

Im September wird dann die 2. Phase eingeläutet. Eine andere, die 2. Generation, tritt auf den Plan. Auch hier wird anhand von Katalogen geprüft, ob es nicht ein Schnäppchen gibt. Großhandelsunternehmen werben mit bunten Geschenkideen, Präsenten für Weihnachten, vom festlich dekorierten Präsentkorb mit allerlei ungesunden Lebensmitteln für den schnelleren Tod, wie Alkohol von bester Qualität, Gänsen, Enten, fetten Würsten und Pasteten. Daneben steht Weihnachten auch für die Notwendigkeit, sich bei Geschäftsfreunden in gute Erinnerung zu bringen, was bei einem Geschenk mit Aufdruck besonders gut gelingt. Im Oktober/ November tauchen dann auch die bisher noch nicht vom Weihnachtsfieber ergriffenen Händler in den bevorstehenden Weihnachtsrausch ein. Das beginnt zunächst mit dem Warensortiment. Alle Waren haben einen weihnachtlichen Touch, selbst das Speiseeis deutet auf Weihnachten hin. Später kann man durch

Lautsprecheransagen im Supermarkt feststellen, daß Weihnachten bevorsteht: „Liebe Kunden, denken Sie an Ihren Weihnachtsbraten, polnische Weihnachtsgänse im Angebot. Champagner Marke „Alte Witwe" zum Weihnachtspreis". Im Laufe des Novembers werden die Geschäfte im Innen- wie im Außenbereich weihnachtlich dekoriert. Girlanden, beleuchtete Sterne, überlebensgroße Nikoläuse, Engel aus Pappmaché, Tannenbäume an allen Ecken. Leierkastenmänner überall, Bratwurststände, Mandelröster, Verkaufsstände von Spielzeugen und Lebkuchen. In allen Schaufenstern sieht man Wolken aus Watte, Glitzerengel. Überall hört man Weihnachtslieder, es dudelt vom Bekleidungsgeschäft bis zum Supermarkt. Kinderchöre und Heldentenöre weisen auf das bevorstehende Fest hin. Die Lokale verkaufen Grog und Weihnachtspunsch, die ersten Vorweihnachtssäufer sind unterwegs und grölen: „Oh, Du Fröhliche".

Anfang Dezember ist die Eröffnung des Weihnachtsmarktes, jetzt kann jeder Kekse, Bratwürste, Zimtstangen, Printen, Bonbons essen, Spielzeug aus dem Erzgebirge kaufen. Man kann all´die Getränke trinken, die man so lange entbehrt hat und beim Essen für Weihnachten trainieren. Glocken läuten den Advent ein, der erste 10–20 m hohe Weihnachtsbaum wird aufgestellt, der Baummarkt wird eröffnet. Wer jetzt noch kein Weihnachtslied gehört hat, bekommt es jetzt auch im Bahnhof der U-Bahn-Station und im städtischen Pissoir zu hören. Auch Behörden und Gerichte werden mit Weihnachtsbäumen bestückt. Die Angestellten und Beamten üben schon einmal, falls sie es nicht schon können, eher das Büro zu verlassen. Sie müssen Weihnachtsgeschenke einkaufen, den Arzt besuchen, um die Feiertage zu überleben. Auch den Steuerberater muß man befragen, um zu klären, was für dieses Jahr noch angeschafft werden muß, um Steuern zu sparen. Schließlich sollte man, falls man sich an den Feiertagen überfrißt, beim Notar seinen letzten Willen dokumentieren. In den letzten Tagen, z. B. am verkaufsoffenen Heiligabend wird die Hektik fast unerträglich. Die Zeit der Vorweihnachtsfeiern ist gekommen, jeder Betrieb organisiert seine eigene. Wie so eine Feier aussieht? Nein, eigentlich unterscheidet sie sich nicht grundlegend von anderen Betriebsfeiern. Es gibt ein gemeinsames Abendessen, es wird so viel getrunken wie sonst. Möglicherweise kann man endlich mit der flotten Blonden aus der Finanzabteilung knutschen oder bei der neuen, dunkelhaarigen Chefsekretärin am nächsten Tag aufwachen und noch gemütlich frühstücken. Unterschiede bestehen nur im Weihnachtsteller mit Gebäck, Nüssen, den Kerzen auf jedem Tisch, den furchtbar schön gegröhlten oder geleierten Weihnachtsliedern, dem Tannenbaum und dem Glühwein, dem von der Chefsekretärin ausgesuchten kleinen, häßlichen Geschenken. Inzwischen haben sich Rundfunk und Fernsehen auf Weihnachten eingestellt. Auch dort gibt es Adventssingen, beschauliche Sendungen mit viel Schnee, Glockenläuten und Lametta. Manche Ärzte bekommen jetzt, einige Tage vor Weihnachten, von ihren Patienten Präsente. Schnaps und Wein sind beliebt und sonstige praktische Dinge, wie Nußknacker, Aschenbecher, Korkenzieher, Eiskübel, einige Bildbände von Mallorca bis Oberammergau.

Ende November, in manchen Familien eher, beginnt die Grobplanung für die Feiertage, beginnend mit Heiligabend und endend mit dem 2. Weihnachtsfeiertag. In manchen Fällen geht die Liebe oder das Fest der Liebe oder das Fest des Treffens mit Verwandten bis Neujahr. Danach sind alle Beteiligten völlig fertig, körperlich, geistig und finanziell. Alle, insbesondere die Gastgeber, sind urlaubsreif. Aus dieser Furcht und der Angst vor dem Trubel fliehen immer mehr Weihnachtsverächter lieber über Weihnachten und Sylvester in den Süden. Doch gehen wir zu dem „normalen" Fall der zu Hause feiernden Familie zurück, den Eltern und Großeltern, die sich ein Weihnachten ohne erwachsene Kinder und Enkelkinder und andere Verwandte nicht vorstellen können. Sie sagen, daß Ihnen etwas fehlt ohne „deutsche" Weihnachten?   Planung ist alles? Wen laden wir ein, wer kommt uneingeladen ? Wer kommt wann und bleibt wie lange? Wo übernachten alle? Nachdem klar ist, wann Omas und Opas aus den verschiedenen Richtungen kommen, wie sie kommen, wo sie für wieviel Tage untergebracht werden können, wird zwischen Vater und Mutter, ab und zu in Abstimmung mit den erwachsenen Kindern das Programm der Festtage und das bevorzugte Essen, das gekocht werden soll, festgelegt. Dann ist die Zeit des Backens gekommen. Kiloweise wird der Teig für Pfefferkuchen, Kekse und Christstollen geknetet oder werden einfach nur die Fertigprodukte eingekauft. Die ersten Weihnachtslieder werden im begrenzten Familienkreis gesungen.

Ein oder zwei Tage vor Heiligabend, in manchen Familien schon eine Woche vorher, beginnt die Zeit des Großeinkaufs. Kurz vorher hat die Detailplanung begonnen, wichtig insbesondere für das Essen an den Feiertagen. Während Mutter alles Wichtige in vielen Einkaufsgängen anschleppt, ihr tun alle Sehnen weh, muß Vater zum Einkauf der Getränke in den Getränkemarkt Es gilt, Kästen mit Bier, Apfelsaft und vor allem Wasser herbeizuschaffen. Man hat den Eindruck, es sollten Getränke für Armeen von Fremdenlegionären, die in der Sahara vor dem Dursttod stehen, angeschafft werden. So, jetzt ist tatsächlich der Morgen des Heiligabend angebrochen. Schon Tage vorher hatte es die übliche Diskussion gegeben, ob die Bescherung, das Verteilen der Geschenke „vor" oder „nach" dem Abendessen vor sich gehen solle. Gekauft wurde der Weihnachtsbaum schon 2 Wochen vorher. Vater hat wie jedes Jahr die undankbare Aufgabe übernommen, ein besonders schönes und noch dazu preiswertes Exemplar auszusuchen und nach Hause zu schleppen. Wie er wirkt, wird man sehen, wenn er geschmückt im Ständer steht.

Der Tannenbaum muß für den Abend hergerichtet und geschmückt werden. Frauen sind dafür nicht zuständig. Mutter beginnt die Essensorgien vorzubereiten. Es wird geschält, gekocht, gebraten, gedünstet und abgewaschen. Aber zurück zum Schmücken des Weihnachtsbaumes. Zunächst wird der Ständer gesucht, in den der Baum hineingestellt werden soll. Nachdem alle möglichen Gartengeräte, Wasser- und Bierkästen beiseite geschafft sind, Vater die ersten blauen Flecken hat, findet er ihn in der hintersten Ecke. Vater flucht: "Welcher Idiot hat das Ding da hinten versteckt?" Mutter macht sich besonders beliebt, als sie behauptet, das sei der Herr der Schöpfung selber gewesen. Endlich steht das Ding neben dem Baum auf dem Balkon oder der Terrasse. Vater - von Geburt mit 2 linken Händen ausgestattet - und körperlicher Arbeit gegenüber grundsätzlich abgeneigt, versucht den 10 cm dicken Stamm in einen 6 cm weiten Schaft zu zwängen. Das gelingt ihm auch mit äußerster Mühe nicht. Er schreit laut nach einer Axt. Der Rest der Familie kommt gelaufen und staunt, Vater arbeiten zu sehen. Da sich keiner erbarmt, begibt sich Vater unter undeutlichen Flüchen und Murren in den Keller und kommt sichtlich besser gelaunt mit einer Axt in der Hand, die jedem Baumfäller in Kanada zur Ehre gereicht hätte, ans Tageslicht. Er beginnt sofort, brutal und unkontrolliert auf den Baum einzuschlagen. Allerdings ist der Erfolg mäßig, zunächst schlägt er sich mit dem Schaft gegen das Schienenbein und schreit laut auf. Als alle zusammengelaufenen Familienangehörigen sich wieder zerstreut haben, nachdem sie gesehen haben, daß nichts Schlimmes passiert ist, versucht Vater mit einer Säge, das Stammende keilförmig zu schnitzen. Nach mehr als einer Stunde Arbeit hat er den Schaft mit Hilfe der Säge, Beil und Küchenmesser so dünn bekommen, daß er in den Ständer paßt. Wider Erwarten gelingt es endlich, den Baum zum Stehen zu bekommen. Jetzt kommt die richtige Größe und Form des Baumes erst zur Geltung. Mutter sieht sich den Baum an und stellt fest, daß er an einer Seite völlig schief ist und viel zu hoch. Außerdem ist er an einer Stelle so kahl, daß man den Stamm sehen kann, unten herum ist er sehr füllig, nach oben hin mit wenigen Ästen, aber einer schönen Spitze. Es folgt nun die obligate Familiendiskussion darüber, wo man den Baum kürzen sollte. Die Meinungen gehen völlig auseinander, eine Partei meint, man sollte die Spitze abschneiden. Dagegen protestieren andere, die meinen, dann sei der Baum viereckig, es sehe scheußlich aus. Der Baum müsse unten abgeschnitten werden. Dann wäre er nicht mehr ausladend, sondern sähe aus wie ein Besenstiel mit Ästen. Die Diskussion wird lebhafter, Oma und Opa, die inzwischen eingetroffen sind, mischen sich in das Geschehen ein. Besonders Oma ist sehr engagiert. Vater und Opa beschließen, zunächst ein Bier zu trinken, um dann nochmals zu überlegen.

Der älteste Sohn verläßt fluchtartig den Schauplatz, als er den drohenden Blick von Vater sieht. Dabei hatte er nur den Vermittlungsvorschlag gemacht, man sollte doch einen neuen Baum kaufen gehen. Außerdem würden sie ab 18 Uhr verschenkt werden. Endlich sind die Männer zu einem Ergebnis gekommen. Oben werden 20 cm, unten 50 cm abgesägt. Jetzt paßt der Baum ins Zimmer, er wird geschmückt. Auch die Diskussion über den richtigen, den angemessenen Schmuck ist zu Ende. Die Krippe wird aufgestellt und alles sitzt einigermaßen friedlich bei der mittäglichen Nudelsuppe. Alle Erwachsenen, die schon da sind, legen sich zum verdienten Mittagsschlaf hin. Um 17 Uhr will die erste Abteilung zur Kirche spazieren, der Rest will gegen 22 Uhr zur Christmette gehen. Gegen 16 Uhr stehen die ersten auf, der restliche Teil folgt im Abstand von 10 Minuten, alle haben sich fein gemacht zum Kirchgang. Die Enkelkinder, die schon Tage vorher unruhig waren und denen die Mittagsruhe, als besondere Qual erscheint, erwachen aus der erwähnten Ruhe und erheben ihre Stimmen zu völliger Lautstärke. Vorher konnten sie nur mit andauernden "Pst, ruhig, Oma und Opa schlafen" zu einigermaßen gedämpftem Ton bewegt werden. Diese wurde ab und zu durch spitze Schreie unterbrochen, weil sich der obligate Zank nicht vermeiden läßt. Mutter hatte gar nicht erst den Versuch unternommen, sich schlafen zu legen. Der Gottesdienst ist auch nicht so, wie man ihn sich vorgestellt hatte. Offensichtlich bildet das Spiel von 2 Gitarren und einer Blockflöte den feierlichen Höhepunkt, denn die Predigt ist so erfrischend, daß sogar 80Jährige nach 5 Minuten, und das nachmittags gegen 17. 30 Uhr, sanft eingeschlafen sind. Die Lieder - völlig unbekannt - singen nur der Pfarrer und der Organist mit. Nur die beiden Lieder „O, du fröhliche" am Anfang und „Stille Nacht" können alle lautstark und falsch mitsingen. Vor dem Kirchenportal werden einige Bekannte begrüßt, die man nur einmal im Jahr sieht und das immer zur gleichen Zeit am gleichen Ort. Es werden die gleichen desinteressierten Fragen und Antworten gegeben: „Wie geht's denn? Wir haben uns ja schon lange nicht mehr gesehen. Was machen die Kinder?" „So, mit der Wirbelsäule haben Sie's?" „Ja, der Streß! Also dann, ein schönes Weihnachtsfest und grüßen Sie...!" Zu Hause sind die letzten Vorbereitungen für das Abendessen getroffen, der Tisch ist festlich gedeckt, die Kerzen angezündet, Vater holt den kaltgestellten Wein und alle begeben sich zum Abendessen. Für das spätere Essen hatten sich alle ausgesprochen, die meinten, die Enkelkinder seien doch so ungeduldig, daß sie sowieso nichts essen würden und die Erwachsenen deswegen auch keine Ruhe hätten. Dagegen wurde vorgebracht, nach der Bescherung würden die Kinder schon gar nicht zum Essen zu bringen sein. Außerdem hätten dann schon alle zu viele Kekse, Schokoladenkringel und andere Süßigkeiten gegessen.

Jetzt ist tatsächlich der große Augenblick gekommen. Die gesamte Familie hat sich vor der Tür versammelt. Drinnen in der guten Stube hört man noch Geräusche. Das Christkind wuselt in allen zivilisierten, christlichen Ländern mit Zeitverschiebung wie ein Irrwisch um die Lichter an geschmacklosen, kitschigen Weihnachtsbäumen zu entzünden. Jetzt liegt es in unzähligen Krippen - völlig oder fast unbeachtet - und wartet, daß ein gemischter Senioren-Kinderchor mit Blockflötenbegleitung die Weihnachtslieder zum Besten gibt, die schon in unzähligen Läden während der letzten Wochen dudelten. Das Christkind hört das „Oh, wie lacht", obwohl ihm und seine Eltern seinerzeit wohl nicht so sehr zum Lachen zumute war. Alles steht um den Baum herum, die Pflichtlieder sind abgespult. Jetzt geht es ans Auspacken. Die Enkelkinder haben es am eiligsten. Sind sie noch klein, stoßen sie vor Freude spitze Schreie des Entzückens aus, laufen zu den Eltern und zeigen die Geschenke voller Stolz, wobei sie beim Sprechen kaum zu verstehen sind, weil sie mit rotem Kopf Spekulatius und Schokoladenkringel kauen. Die Älteren schauen sich die geschenkten Sachen mit gespielter Würde an. „Ah ja, über das Buch habe ich bereits eine Kritik gelesen. Es stand auch auf der Bestsellerliste. Man sieht auch manch enttäuschtes Gesicht, weil das, was man erwartet hat, nicht unter dem Weihnachtsbaum lag. Alle bedanken sich artig bei den anderen und wünschen sich gegenseitig ein schönes Fest. Auf dem Wohnzimmer- oder Couchtisch steht ein Teller mit Gebäck, Nüssen und Äpfeln und Apfelsinen. Vater hat Wein und Bier aus dem Keller geholt. Die Geschenkpalette wiederholt sich von Jahr zu Jahr bei den Erwachsenen. Vater bekommt meist einen Schlafanzug von Oma und Opa, Unterwäsche, einen Schlips und Socken. Ab und zu ist etwas dabei, was aus dem Rahmen fällt.

Oma hat wider Erwarten ihr 16. Kochbuch zu Weihnachten bekommen. Sie wird es - wie immer - ungeöffnet in die Vitrine stellen. In den vergangenen 50 Jahren hat sie trotz guter Ratschläge vom Ehemann , Kindern und Enkelkindern nur die 6 Gerichte gekocht, die sie von ihrer Mutter gelernt hat und die sie auch beherrscht, was nicht heißt, daß sie nicht sicherheitshalber den handgeschriebenen Zettel ihrer Mutter mit dem Rezept, völlig abgegriffen und mit verblaßter Schrift als Vorlage braucht. Sicher ist sicher! Dann ist da noch das Paket von Oma. Es muß ausgepackt werden. Sie hat es schon vorher geschickt, weil es zu schwer zum Mitbringen war. Dabei ist weniger der Inhalt wichtig, als daß das Verpackungsmaterial unversehrt erhalten bleibt. Es muß nämlich später Oma zurückgegeben werden. Oma schreibt immer wieder und erklärt es auch noch telefonisch, daß ja die Schnüre nicht zerschnitten werden dürfen. Als Vater eine Schere herbeiholt, hätte es beinahe den ersten Familienkrach des Heiligabends gegeben. So wird also mit Akribie versucht, die vielen Doppel- und Trippelknoten zu lösen. Offensichtlich ist das von Oma mehr als Geschicklichkeitsspiel gedacht, oder sie hat ein Abkommen mit einer Maniküre geschlossen, die später die ramponierten Fingernägel wieder in Ordnung bringen soll. Nachdem die erste Verpackung weggeräumt ist, sehen sich die Beteiligten vor der zweiten Lage, genauso verschnürt wie die erste. Das Spiel ist das gleiche, Auseinanderfummeln der mehrfach verknoteten Schnüre. Endlich ist es soweit, man hat sich zu einzelnen kleinen Päckchen vorgearbeitet. Sie enthalten viele, viele Süßigkeiten. Die Enkelkinder stöhnen laut, denn sie können Kekse und Schokolade nicht mehr sehen. Der Rest ist das Gleiche wie immer, Unterwäsche, Socken, ein Schlafanzug für Vater. Die Süßigkeiten aus dem Paket und auf den Weihnachtstellern, Marzipan, Schokolade, Kekse und Nüsse werden schnell weniger, die Esser immer träger und fauler. Zwischen Wein und Bier unterhalten sich die Erwachsenen über vergangene Zeiten, das schlechte Wetter und das Essen der bevorstehenden Feiertage. Kurz vor 22 Uhr gehen die Kirchgänger in Richtung Kirche. Manche Familienangehörige halten es bis zu ihrer Rückkehr noch aus. Es riecht süßlich-herb nach einer Mischung von Kerzenwachs, Wein, Bier, Zigarettenqualm. Neue Gesprächsthemen gibt es nicht, alles ist besprochen. Die Enkelkinder streiten sich um die Geschenke, Müdigkeit liegt im Raum. Endlich gehen die Letzten zu Bett, es kehrt Ruhe ein. Die Anstrengungen des Heiligen Abends sind vorbei. Am ersten Weihnachtsfeiertag erscheinen nur wenige zum Frühstück, meistens sind sie müde und zerknittert. Die Gespräche gehen nur langsam und schleppend voran. Es wird auch nur wenig gegessen. Mutter hat die

Vorräte an Keksen und Nüssen in den Weihnachtstellern wieder aufgefüllt. Im Augenblick ist das Interesse nicht sehr groß. Außerdem wissen alle, daß es um 13 Uhr Gänsebraten gibt. Mutter steht schon seit 8.30 Uhr in der Küche. Ich spare mir den weiteren Ablauf. Nach dem Essen gehen die Erwachsenen schlafen, ab 15.30 steht das Kaffeetrinken auf dem Programm, das vom Abendessen abgelöst wird; danach geselliges Beisammensein. Der zweite Feiertag unterscheidet sich nicht wesentlich vom Vortag, viel fettes Essen, mehr Trinken als bekömmlich, die gleichen Gespräche wie an den Vortagen. Man fühlt sich voll und träge.

Alle freuen sich auf den Alltag. Das alte Sprichwort bewahrheitet sich : Es ist nichts so schwer zu ertragen, wie eine Reihe von schönen Tagen oder wie die eigene Verwandtschaft! Und ich sage mir jedes Jahr : Begrabt Weihnachten!

In der Erinnerung ewig leben

Das ging ihm immer durch den Kopf. Was konnte er schaffen, was konnte er leisten, um berühmt zu werde. Wie konnte er in das Buch der Geschichte eingehen? Welche Leitung mußte er erbringen, daß auch die Nachwelt noch von ihm reden würde? Vieles ging ihm schon als Sechzehnjähriger durch den Kopf. Er konnte ein großer Forscher werden, dachte er, als er Reiseberichte von Entdeckern wie Amundsen, Scott und Sven Hedin gelesen hatte. In der wissenschaftlichen Phase wollte er berühmt durch große Entdeckungen auf dem Gebiet der Chemie oder Physik werden. Er träumte davon, als Nobelpreisträger für Medizin geehrt zu werden, weil er ein Mittel gegen Krebs oder eine sonstige schwere Krankheit gefunden hatte. Dann kam die Zeit, in der ihm bekannte Sportler imponierten, z. B. berühmte Rennfahrer, Leichtathleten, Skifahrer. Merkwürdig, bei bekannten Politikern hatte er eigentlich niemals einen Nachahmungsbedarf gesehen. Später, als Geld eine immer größere Rolle zu spielen begann, die Umgebung ihm dauernd klar machte, daß ohne Geld nichts ging, überlegte er zunehmend, ob er dadurch außer Luxus, den er sich leisten könnte, auch Ruhm für die Ewigkeit erreichen könnte.
Zu einem befriedigendem Ergebnis kam er weder damals zu Beginn seiner Berufstätigkeit noch später. Er hatte geheiratet, hatte Kinder bekommen, sie mit seiner Frau zu einigermaßen anständigen Menschen erzogen. Sie waren zwar nicht reich an Geld, aber zufrieden, wenn sie zurücksahen. Sie wünschten sich beide etwas Gesundheit und die Gnade, auch die nächsten Jahre noch miteinander verbringen zu können. Eines würden sie wohl nicht erreichen können, Sie würden in der Erinnerung nicht ewig leben. Aber kam es überhaupt darauf an? Ist es überhaupt erstrebenswert, als Berühmtheit in die Geschichte einzugehen? Die großen Feldherren der Geschichte, deren Taten die Schulkinder noch heute lernen, hatten sie nicht viele Menschen auf dem Gewissen? Diente alles, was erfunden worden war, zum Vorteil der Menschheit, z.B. das Dynamit? Waren viele Wissenschaftler, Schriftsteller, Komponisten und Maler nicht menschliche Krüppel gewesen oder hatten unglücklich und unzufrieden geendet? Was sollte denn ewig bestehen? Sein oder ihr Werk? Reichte nicht für beide die Tatsache, daß sie menschlich gelebt hatten? Wenn dieser Eindruck bei ihren Kindern oder einem Freund in Erinnerung bleiben würde, und sei es auch nur für einen Augenblick, dann war ihr Leben nicht sinnlos gewesen! Damit wandten sie sich zueinander und lächelten sich zu.

Die nicht bestandene Prüfung

Jetzt stand sie vor den Trümmern ihres Lebens. Der Freund hatte sie verlassen und vor knapp einer Stunde hatte sie die Mitteilung erhalten, daß sie die letztmögliche Wiederholung ihres Staatsexamens nicht bestanden hatte. Und das alles 2 Tage vor Heiligabend. Schon in den vergangenen Tagen hatte sie bereits ein schlechtes Gefühl gehabt, wenn sie an die schriftlichen Prüfungen dachte. Sie war übernervös gewesen, hatte nie einen richtigen Einstieg in die Problematik gefunden. Und das schon am ersten Tag und so war es auch an den nächsten Tagen. Als wenn sich die ganze Welt gegen sie verschworen hätte. Warum mußte gerade sie durchfallen, andere, die viel schlechter gewesen waren in der Vorbereitung, hatten es geschafft! Und was nun? Die letzten 7 Jahre waren umsonst, alle Anstrengungen vergeblich. Ihre Mitschülerinnen hatten entweder schon Familie oder waren in einem angesehenen Beruf tätig. Und sie, untauglich fürs Leben. Auch ihr Freund, den sie schon seit fast 7 Jahren kannte, hatte ihr vor einer Woche erklärt, er habe eine andere. Sie hatten zwar nie von Heirat gesprochen, aber eigentlich gab es für sie bis dahin nie einen Zweifel, daß sie immer zusammenbleiben würden. In einer Woche waren alle Lebensträume geplatzt. Sie setzte sich trotz der eisigen Kälte, die sie umgab, auf eine Bank. Völlig verzweifelt spielte sie mit allen möglichen Gedanken. Wenn sie bis morgen hier in der schwachen Wintersonne und dann über Nacht sitzen bleiben würde, hätte die Pein endgültig ein Ende.

Wie sollte sie es ihren Eltern beibringen? Sie hatten noch mehr als sie selbst darauf gehofft, daß sie nach einem erfolgreichen Abschluß in die Firma des Vaters einsteigen könnte und dann in zwei oder drei Jahren die Leitung des Unternehmens übernehmen würde. Alle diese Pläne waren nun zum Scheitern verurteilt, ihr Vater mußte entweder weiterarbeiten, obwohl er sich zur Ruhe setzen wollte, oder sich einen neuen Nachfolger suchen. Eigentlich war das das Schlimmste an ihrem Scheitern, wenn sie ehrlich war. Wie konnte sie auf Verständnis hoffen? Sie verstand ihre Lage ja selbst nicht. Und wie sollte es weitergehen? Brachte es etwas, wenn sie den Eltern nicht die Wahrheit sagte, daß ihr Freund sie verlassen hatte? Schon das würde einschlagen wie eine Bombe. Sicherlich würde sie auch dafür verantwortlich gemacht werden, denn ihn hatten sie schon als zukünftigen Schwiegersohn gesehen, ihm eine Stellung in der Firma zugeschrieben. So, und jetzt noch das endgültig verpatzte Examen! Es war sicher das Beste, wenn sie zu Hause nicht mehr auftauchte. Alte Filme und Romane fielen ihr ein, wo der Sohn, der durch die Prüfung gefallen war, in die Fremde gezogen war und dort sein Glück gemacht hatte. Als er sich dann hochgearbeitet hatte, eine gute Stellung und Vermögen erworben hatte, war er dann vor seine Eltern getreten und hatte stolz seine Erfolge präsentiert. Die Eltern hatten sich überzeugen können, daß der mißratene Sohn es doch noch zu etwas gebracht hatte. Doch von Töchtern gab es nach ihrer Erinnerung derartige Geschichten nicht, jedenfalls fielen ihr keine ein. Aus der klassischen Literatur waren ihr nur Schicksale bekannt, wo die Tochter aus dem Haus geht, weil sie ein uneheliches Kind erwartet und die Schmach für sie und die Eltern zu groß ist. Meist endeten diese Geschichten aber tragisch mit dem Tod der unglücklichen Heldin. In der heutigen Zeit bringen sich schwangere Töchter deswegen auch nicht mehr so oft um. Sie mußte schon wieder lächeln, als sie darüber nachdachte. Ja, was macht man, wenn es unmodern geworden ist, sich umzubringen? Auch ihre Eltern, die ja ganz verständig und einfühlsam waren, würden ihr nicht den Kopf abreißen, vielleicht trösteten sie sie nach der ersten Enttäuschung auch. Man mußte darüber reden, zusammen konnte man vielleicht eine Lösung finden. Also, forderte sie sich auf, steh auf, hier holst du dir nur eine Erkältung, allenfalls eine Lungenentzündung. Mit Kopfschmerzen, Halsweh, Husten und Schnupfen stirbst du nicht und hast dann keinen klaren Kopf, um nachzudenken, wie es weitergehen soll. Geh sofort zurück und pack den Stier bei den Hörnern. Sie nahm ihre Tasche, stand auf und lief die wenigen Schritte zum Haus ihrer Eltern. Diese erwarteten sie schon sehnsüchtig. Sie sagte nur einen Satz: „Wieder durchgefallen und mit Manfred ist es auch aus." Dann hing sie schon laut schluchzend am Hals ihrer Eltern. Ihr Vater löste sich kurz aus der Umarmung, schaute sie nachdenklich an und sagte: „Es gibt Schlimmeres, Angelika"!

„Du lebst von geborgter Zeit"

Dieser Satz, er wußte nicht, wo er ihn gehört hatte, wo er ihn gelesen hatte. Zuerst hatte ihn der Spruch immer nachdenklich und traurig gemacht. Später, als er mit der Krankheit zu leben gelernt hatte, war er im Alltagsleben aus seiner Erinnerung verschwunden. Ab und zu tauchte er wieder auf in Momenten der Nachdenklichkeit und Besinnung. Aber er besaß nichts Erschreckendes mehr. Er konnte damit leben, und er wußte, die Erinnerung an die Endlichkeit und Vergänglichkeit macht stark. Nicht das Sichabfinden war das Wichtige, nein, das Bewußtsein, daß trotz aller Mühe, Qual, trotz der immerwährenden Rückschläge, er mit seiner Frau, seinen Kindern, seinen Freunden, dem Beruf, den vielen kleinen Freuden, den erreichten Zielen so viel Schönes erlebt hatte. Er wußte mit ganzer Sicherheit, daß alles, was er sich auch nur in den kühnsten Träumen erdacht, alles, was er ersehnt hatte, in Erfüllung gegangen war. Gott hatte ihn in der Vergangenheit über alle Maßen gefördert, ihn und die Seinen unverdientermaßen beschützt und behütet. Das war nicht sein Werk, sondern mit Hilfe dieser Macht und der von ihm dafür ausgesuchten Menschen war alles zustande gekommen. Alles, was jetzt noch kam, die Erfüllung weiterer Wünsche, war nur noch eine freundliche Zugabe, gewissermaßen das Sahnehäubchen auf dem Kaffee. Und das mußte man genießen, er wußte über die Unerheblichkeit und freute sich desto mehr über jedes kleine Glück, über jede kleine Freude. Aber immer wieder fiel er in die Vergangenheit zurück, wo er sich über jedes kleine Mißgeschick aufgeregt hatte, jede Panne verwünscht hatte. Auch jetzt war er nicht frei davon, selbst wenn er sich schon sehr bemühte. Insbesondere wenn Maßnahmen mißlangen, die ihm und seiner Familie kleine Sorgen abnehmen sollten, die Zukunft erleichtern sollten, wurde er nach wie vor aggressiv. Er hoffte, daß sich das legen wurde. Und so wurde der Spruch „Du lebst von geborgter Zeit" allmählich zu einem Mittel der Beruhigung, der stillen Einkehr, des Sich-Findens abseits des großen Trubels. Ein Anlaß für die Besinnung auf sich, das Wesentliche. Von Zeit zu Zeit direkt nach dem Krankenhausaufenthalt war er in einer stillen Melancholie befaßt. Mit der Wiederaufnahme seiner Berufstätigkeit hatte die Geschäftigkeit, der wiedereinsetzende Streß, Familienprobleme, die ihn forderten, ja bis in die Seele berührten, völlig in Beschlag genommen. In der Nachschau beurteilte er diese Ereignisse zwar objektiv noch immer völlig dramatisch, doch wenn keine negativen Nachwirkungen blieben, hatten sie ihn von sich auf andere, andere Probleme gelenkt. Er wußte heute, Du lebst von geborgter Zeit. So mußte er handeln, überlegt und mit dem Streben nach innerer Ruhe und Ausgeglichenheit, nach außen humorvoll, ein Talent, das er vom Vater ererbt, immer wieder ohne große Anstrengung an den Mann bringen konnte. Die größte Furcht war heute nicht, daß die Zeit kurz oder lang vorbei sein könnte. Jede Stunde, jede Minute des Denkens, des Fühlens war ein Gewinn. Angst hatte er vor unsäglichen Schmerzen, das gab er unumwunden zu, gestand er auch anderen. Darüber hinaus war der einzige weitere Punkt möglicher Unruhe, so wußte er, ein Schicksalsschlag, den seine Frau und die Kinder betreffen konnten. Mit den

Schmerzen und den Unannehmlichkeiten, die seine Krankheit mit sich brachten - bisher waren sie auszuhalten – war er bisher gut zurecht gekommen. Wenn es sich nicht verschlimmerte, konnte man klar kommen.

Heute gab es seltene Momente, in denen er die Krankheit, an seinen Verstand oder sein Gefühl heranließ. Sie gehörte, solange sie auszuhalten war, nur zu seinem Körper. Dann hörte er melancholische Musik, verstieg sich ins Träumen und überließ sich dem wohltuendem Gefühl der Ruhe. Er versuchte, sich die angenehmen Augenblicke der letzten Zeit vor Augen zu halten, die bevorstehenden schönen Ereignisse auszumachen. Dann kam er zu dem beruhigendem Ergebnis: Schön, daß Du diese Zeit erleben durftest, Du, der Du von geborgter Zeit lebst.

62

Ich hatte noch so viel vor

„Ich hatte noch so viel vor", erklärte er niedergeschlagen seinem Gegenüber. „Und jetzt ist alles vorbei, jetzt, wo ich das erste Mal Erfolg habe." Resigniert schaute er seinen Freund an. Beide waren Leistungssportler, seit frühester Kindheit gemeinsam im Training. Sie waren Turner und hatten sich durch die unteren Klassen langsam und zäh emporgearbeitet. Neben der Berufsausbildung hatten sie früher zweimal in der Woche, dann dreimal und zum Schluß jeden Werktag von 16 Uhr bis 19 Uhr auf der Turnmatte gestanden und neben dem Turnen an den Geräten das Krafttraining absolviert. Sie hatten ihre Lebensweise einzig auf den Sport eingestellt. Das Privatleben war an Feiertagen von Wettkämpfen bestimmt und auch die Familienangehörigen waren in ihrer Lebensweise von dem Sport des Sohnes oder Bruders beeinflußt. Mutter und Vater hatten anfangs Jürgen mit dem Auto zum Training und zu den Wettkämpfen gebracht, später war er mit dem Bus und der Straßenbahn gefahren und die Eltern kamen nur noch als Fahrer zu auswärtigen Wettkämpfen in Betracht. Später waren die Entfernungen größer geworden und die Eltern folgten ihrem Sohn stolz zu den einzelnen Veranstaltungen. Es dauerte lange bei Jürgen, bis sich die Erfolge einstellten. Es gab viele Rückschläge, Verletzungen, Ärger, wenn der Erfolg ausblieb. Auf viele schöne Dinge mußte er auch verzichten. So mußte er trainieren, wenn andere Fußball spielten oder zum Schwimmen gingen. Nachdem er in der Schule sitzengeblieben war und wegen der vielen Wettkämpfe keine Zeit und Lust zum Nachholen des Versäumten gehabt hatte, beschloß er im Einvernehmen mit den Eltern, die Schule aufzugeben. Er wollte zur Bundeswehr gehen, wo er sich einer Sportkompanie zuteilen ließ. Dort hatte er genügend Möglichkeiten, zu trainieren und sich ganz dem Sport zu widmen. Er war sein Leben geworden. Nach Ansicht der Trainer hatte er die besten Anlagen, gute Plazierungen bei Europa- und Weltmeisterschaften, vielleicht sogar bei Olympiaden zu erreichen, wenn er weiter so hart trainieren würde. Und dazu war er fest entschlossen. Im Winter war er zum ersten Mal deutscher Meister am Reck und im Bodenturnen geworden und auch im Olympischen Mehrkampf war er unter den ersten Dreien. Jetzt hatte er die internationale Karriere im Auge. Bis zum vergangene Freitag muß man sagen.

Seit diesem Tag war alles anders. Bei dem Versuch eines Ginger-Saltos am Reck hatte er an der Reckstange vorbeigegriffen und war auf den Rücken gefallen. Unglücklicherweise war er so aufgeschlagen, daß er sich dabei drei Rückenwirbel gebrochen hatte. Bis heute war nicht klar, ob er jemals wieder den Unterleib und die Beine würde bewegen können. Es war eine Lähmung zurückgeblieben und er hatte kein Gefühl mehr in den Beinen. Große Hoffnungen hatten die Ärzte ihm nicht gemacht, daß sich sein Zustand entscheidend bessern würde. Die Untersuchungen waren noch nicht abgeschlossen, und es bestand noch Hoffnung, daß eine Operation helfen konnte. Jetzt war sein Turnerkamerad Ernst, genannt Ernie, bei ihm und sprach ihm Mut zu. „Und jetzt ist meine Karriere, bevor ich richtig international mitkämpfen konnte, zu Ende." Ernie wiegelte ab: „Warte, noch ist nicht alles verloren. Du mußt Geduld haben, die Untersuchungen müssen doch erst beendet sein." Wochen später war Ernie wieder bei Jürgen. Er fand ihn irgendwie verändert. Ebenso wie damals lag er im Bett und man hätte denken können, es hätte sich nichts geändert. Aber Jürgen, so schoß es Ernie durch den Kopf, sah irgendwie verändert aus. Er machte keinen so niedergeschlagenen Eindruck mehr und bedauerte sich nicht mehr ununterbrochen selbst. Sie unterhielten sich nicht ausschließlich über Sport. Man sprach über die Familie, über die Freunde. Jürgen fragte ihn ohne große Emotionen nach seinen nationalen und internationalen Erfolgen. Dann kam von Ernie die wichtigste Frage: „Wie geht es bei Dir weiter?" Jürgen überlegte nicht lange. Er würde in zwei Wochen aus dem Krankenhaus entlassen werden, würde dann in die Reha-Klinik gehen. Aber er hatte die Hoffnung, eines Tages wieder richtig gehen zu können. Wenn er den Ärzten trauen konnte, dann könnte das möglich sein. Er hatte jetzt schon wieder etwas Gefühl in seinen Beinen, freute sich darüber. Er wußte, daß es viel wichtiger war, wieder gehen zu können, als sportlichen Ruhm zu erlangen. Über jeden kleinen Fortschritt freute er sich ganz besonders. Dann faßte er mit der rechten Hand an das metallene Kopfteil des Bettes, bat Ernie um seinen Arm und begann, seine Beine aus dem Bett zu bewegen. Mit Ernies Hilfe und den Stöcken, die dieser auf seine Bitte geholt hatte, machte er vorsichtig kleine Schritte in Richtung Tür. Nach etwa drei Metern, die ihm endlos zu sein, schienen, machte er kehrt und bewegte sich die drei Schritte zum Bett. Dort sank er erschöpft und mit Schweiß auf der Stirn nieder. Glücklich schaute er zu Ernie: „Weißt Du jetzt, was ich meine? Es geht voran, ich fühle es, ich habe wieder eine Zukunft, auch wenn es lange dauert." Als Ernie das Krankenhaus verließ, war er nachdenklich. So glücklich hatte er Jürgen selbst nach gewonnenen Wettkämpfen nicht gesehen. Wie zufrieden man mit kleinen Dingen sein kann, die einem sonst selbstverständlich erscheinen!

Wie soll es nur weitergehen?

„Ja, Du hast sicher recht mit dem, was Du vorhin gesagt hast, Tante Erika. Ja, ich werde mich melden, wenn ich etwas brauche. Nein, Du brauchst Dir keine Gedanken zu machen, ich komme schon zurecht. So, und nun beeile Dich, Dein Taxi wartet. Du mußt Deinen Zug bekommen." Sie schloß die Haustür, sah noch einen Moment dem davonfahrenden Wagen nach. Dann ging sie von der Küche ins Wohnzimmer. Jetzt war es also vorbei. Die letzten Trauergäste waren nach Hause gefahren. Sie war seit einer Woche zum ersten Mal allein. Erst jetzt wurde ihr bewußt, daß es in Zukunft immer so bleiben würde. Sie setzte sich in den Sessel neben den Kamin. Unwillkürlich schossen ihr die Gedanken durch den Kopf: Was hätte wohl Franz gesagt nach einer solchen Veranstaltung? Wahrscheinlich das Gleiche wie immer, wenn sie eine Großveranstaltung hinter sich hatten: „Liebling, Gott sei Dank, sind wir endlich allein. So eine Feier ist ja schön und es haben sich ja auch alle wohlgefühlt. Hast Du gesehen, was Tante Erika in sich reingefuttert hat, die hat sich jedenfalls glänzend amüsiert, dabei ist sie doch dick genug! Und Vetter Hans, der hat geredet, als wolle er für seine Kandidatur für den Bundestag werben. Na ja, er hat ja auch zu Hause nichts zu sagen. Besonders viel Alkohol ist auch nicht getrunken worden. Die Leute trinken immer weniger! Aber sag selbst, es hat doch wieder prima geklappt, wir sind schon ein eingespieltes Team!" Sie hatten dann noch gemeinsam das Geschirr in die Spülmaschine geräumt und waren dann zwar todmüde, aber glücklich ins Bett gefallen. Und jetzt? Aufzuräumen gab es nichts, außer den drei Gläser von ihr, Tante Erika und Onkel Willi. Sie hatten vor ihrer Abfahrt noch einen gemeinsamen Cognac getrunken. Die letzte Woche war wie im Flug vergangen und jetzt war sie mit ihren Gedanken allein. Der unaufhörliche Regen rann vom Dach. Wenn man in den grau verhangenen Himmel blickte, sah es so aus, als wenn die Sonne niemals mehr scheinen würde. Vielleicht weinte der Himmel über den Tod von Franz, wie einige der Trauergäste meinten. Aber warum sollte er gerade über ihn weinen, gab es nicht genügend Schicksale, die viel schlimmer waren als seines. Er war letzten Dienstag wie immer früh morgens ins Badezimmer gegangen, hatte sich rasiert und dann geduscht. Sie hatte inzwischen das Frühstück in der Küche vorbereitet, hatte Kaffee gekocht, die Toastbrote in den Toaster gelegt und gewartet, bis sie knusprig braun, fast schon dunkelbraun herausgesprungen waren, so wie es Franz immer am liebsten mochte. Der Kaffee mußte schön stark sein, hatte er immer gesagt, damit er früh auf die Beine komme. Das Frühstück war fertig. Sie hatte die beiden Teller, die Toaste, Butter, Marmelade und die Scheiben Edamer sorgfältig aufgefächert auf einem Teller angerichtet. Dazwischen hatte sie geviertelte Tomaten und ein kleines Sträußchen Petersilie gelegt. Sie freute sich auf seine Reaktion, er sagte immer: „Das Auge ist mit, mein Schatz". Die Tageszeitung hatte sie wie immer gefaltet neben seinen Teller gelegt. Er schaute – so machte er es jeden Tag – auf die Schlagzeilen, fand meist nicht Interessantes oder las lachend eine kleine Anekdote vor oder schimpfte auf die Idioten in Wirtschaft und Politik. „Kannst Du Dir vorstellen, der Staatssekretär im

Innenministerium hat doch tatsächlich in der Pressekonferenz gesagt, er prustete vor Lachen und streifte mit der linken Hand die Asche seiner Zigarette in den Aschenbecher, die jetzige Regierung würde am meisten sparen." Dann ließ er normalerweise die Zeitung fallen, ergriff den Toast mit Butter und einer Scheibe Käse und biß herzhaft ein großes Stück ab. Dann nahm er einen kräftigen Schluck des rabenschwarzen Kaffees. Er trank ihn nie mit Milch und Zucker. Meistens, d. h. mindestens zweimal in der Woche, verbrannte er sich die Zunge. Sie mußte lächeln, als sie dran dachte. Heute, am Dienstag, hatte sie nach oben gerufen. Sie bekam aber keine Antwort, merkwürdigerweise hörte sie noch immer das Wasser der Dusche rauschen. Nochmals rief sie nach ihm. Dann ging sie nach oben zum Badezimmer. Deutlich konnte sie das Wasser der Dusche höre. Mit einem Ruck machte sie die Tür zum Badezimmer auf. „Na, heute wirst du ja blitzblank sein", sagte sie in Richtung Duschkabine. Als sie keine Antwort bekam, ging sie zur Duschkabine, machte die Glastür auf. Am Boden der zusammengesunkene Körper von Franz. Über ihn rannen ganze Sturzbäche von heißem Wasser. Sie stellte das Wasser ab. Der Körper blieb regungslos am Boden liegen. Der Rest kam ihr noch jetzt unwirklich vor. Sie hatte den Notarzt angerufen. Wie es dann weitergegangen war, sah sie nur durch einen Nebelschleier. Er hatte ihr wohl erklärt, man könne nichts mehr machen. Irgend jemand hatte ihr dann in den nächsten Tagen mit den Formalitäten geholfen. Es war an ihr vorbeigerauscht, ohne daß sie auch nur einen Moment darüber nachdenken konnte, was geschehen war und wozu die Hektik und Betriebsamkeit diente. Jetzt, nachdem alles vorüber war, kam sie zum ersten Mal dazu, sich mit sich selbst und den letzten drei Tagen zu beschäftigen. Alles, was sie in der Wohnung betrachtete, verband sie mit ihrem Mann. An jedem Gegenstand hing eine kleine Erinnerung. Die Couchgarnitur hatten sie nicht nur gemeinsam ausgesucht, sie hatten sie auch zusammen mit einem VW-Transporter abholt. Unterwegs war auf der Autobahn ein Kissen weggeflogen. Ein Autofahrer hatte sie durch Hupen darauf aufmerksam gemacht. Später hatten sie zu Hause ein Glas Sekt auf den Schrecken und die neue Garnitur getrunken. Den kleinen Buddha in der Vitrine hatten sie in Thailand erhandelt. Sie hatte gefeilscht, er hatte ihr einen schönen Abend bei Kerzenlicht versprochen, wenn sie ihn zu dem vorgestellten Preis bekommen würde. Er konnte nicht handeln, das hatte immer sie übernehmen müssen. So gab es viele Erinnerungen an Reisen, gemeinsame gute und schlechte Ereignisse. Sie hatten sich im Laufe der Zeit die Aufgaben je nach Können und Neigung geteilt. Das hatte ihnen zusammen Kraft gegeben und ihnen immer lästige Pflichten abgenommen. Erst jetzt stellte sie fest, was das Wichtige in ihrer Beziehung gewesen war. Es war nicht die Körperlichkeit des anderen gewesen, nicht die Gleichförmigkeit von Ansichten und Lebenseinstellungen. Man brauchte den anderen nicht zu fragen, nicht den Blick erhaschen. Die vollkommene Harmonie, der seelische Gleichklang hatte sie verbunden. Das war jetzt endgültig vorüber. Und doch, wenn sie zurückblickte, stellte sich plötzlich ein Hochgefühl ein, das sie völlig überwältigte. Diese seelische Verbundenheit konnte ihr niemand nehmen, sie hatte es erlebt, das was andere niemals erfühlen können. Dieses Glück, das ihr noch immer ungeteilt zustand, daß sie mit niemandem teilen mußte, blieb. Es würde ihre Zukunft, ihr zukünftiges Leben bestimmen. Daraus konnte sie ihre Kraft schöpfen. Es war keine sehnsüchtige Erinnerung an die Vergangenheit, die unwiederbringlich vorbei war, es war die sichere Grundlage für ihre Lebenseinstellung. Darauf mußte sie mit ihm anstoßen. Sie holte ein Glas aus der Vitrine, goß sich einen Cognac ein und prostete ihm zu. Jetzt war wieder Sinn in ihrem Leben. Erlebtes Glück, gewonnene Zufriedenheit kann man weitergeben!

Der Zeitungsleser

Wann ich ihn zum ersten Mal gesehen hatte, weiß ich nicht. War er in dem kleinen Café schon da gewesen, als ich das erste Mal gegen 9 Uhr mehr durch Zufall mit einem Geschäftsfreund zusammengetroffen war, um bei einem üppigen Frühstück eine geschäftliche Transaktion zu besprechen? Vielleicht habe ich ihn auch erst bei einem der nächsten Male gesehen, als ich mich um die gleiche Zeit, es regnete draußen und war unfreundlich, so richtiges Schmuddelwetter, dort aufwärmen wollte. Ich erinnerte mich an das opulente Frühstück, die nette Bedienung! Meine Besuche in dem Café hatten zugenommen, ja sie hatten inzwischen eine gewisse Regelmäßigkeit erreicht, um nicht zu sagen, ich hatte mich an sie gewöhnt, da entdeckte ich eines Tages ihn. Er saß tadellos gekleidet, dunkelgrauer Anzug mit Nadelstreifen, vielleicht etwas abgetragen, wenn man näher hinsah, Weste in der gleiche Farbe, ein ordentlich gebundener blauer Schlips mit diagonalen silbernen Streifen. Das weiße, etwas schüttere Haar war mit einem Scheitel frisiert. Das weiße Hemd war ein wenig zerknittert, aber sonst tadellos rein. An den Ärmeln des Jacketts schauten die Enden des Hemdes heraus, geschmückt von goldenen, - genau konnte man es von meinem Tisch aus nicht sehen - mit Initialen versehenen Manschettenknöpfen. Eine goldene Uhr vervollständigte seine Ausstattung. Sein Gesicht war fein geschnitten, etwas faltig. Auf der Nase trug er eine randlose Brille. Diese Beobachtungen konnte man nur machen, wenn er kurz die Zeitung zusammenfaltete und seine Hand zur Kaffeetasse führte, um einen Schluck zu nehmen. Ansonsten war er hinter der Zeitung verborgen, der er sich mit voller Hingabe widmete. Das Geschehen im Café berührte ihn nicht, er nahm davon keine Notiz. Ich habe ihn nie in einer anderen Situation in diesem Lokal gesehen. Er hat sich niemals mit anderen unterhalten, auch nicht mit der Bedienung. Ich sah ihn nie mit einem Buch oder einer Zeitung hineinkommen. Vielmehr spielte sich sein Erscheinen und der Aufenthalt immer nach dem gleichen Ritual ab. Er betrat das Lokal pünktlich um 8.55 Uhr, begab sich zu seinem Platz, der um diese Zeit immer leer war. Es war kein bevorzugter Platz mit Blick auf den Fluß, sondern der Tisch stand in einer eher unbeachteten Ecke, die nur dann von Interesse war, wenn alle Plätze besetzt waren. Er steuerte jedes Mal genau auf diesen Tisch zu, wartete kurz auf die Bedienung und gab die Bestellung auf: Ein Kännchen Kaffee. Später, als er schon zum Inventar gehörte, fragte ihn die Kellnerin, nachdem sie seinen Guten-Morgen-Gruß erwidert hatte, nur noch kurz: „Wie immer, Herr Doktor? Er nickte nur, begab sich zum Zeitungsständer, an dem verschiedene Tageszeiten in einem Rahmen aus Holz mit einem großen Metallhaken hingen. Er nahm sich eine Zeitung vom Ständer, ging zum Tisch und begann zu lesen. Er ließ sich nur einmal stören, als der Kaffee gebracht wurde und widmete sich sonst nur der Zeitungslektüre. Da meine Zeit meist kurz bemessen war, habe ich lange Zeit nicht das Ende dieser allmorgendlichen Zeremonie erlebt. Ich habe mich aber oft gefragt, wie lange dieser alte Herr, der sicher gute Zeiten erlebt hatte und aus der gehobenen Gesellschaft stammen mußte, hier blieb und ob er nach der Zeitungslektüre, mit anderen sprach, sich mit anderen traf, abgeholt wurde. Doch einmal hatte ich Glück. Ich hatte mich mit meiner Frau verabredet. Wir wollten in der Stadt einkaufen gehen und ich schlug, weil wir uns einen schönen Tag machen wollten, vor, wir könnten doch einmal wie im Urlaub zum Frühstück ins Café gehen. Wir trafen erst gegen 9.45 Uhr ein, setzten uns an den Tisch und wie immer saß der alte Herr in der Ecke, in seine Zeitung vertieft. Wie bei allen früheren Begegnungen der letzten Wochen begrüßten wir uns von Tisch zu Tisch mit einem freundlichen Kopfnicken und dann widmeten wir uns wieder unseren Angelegenheiten.

Er vertiefte sich in seine Zeitung, von der er kurz aufgeblickt hatte, ich wandte mich meiner Frau zu, erklärte ihr in kurzen Worten das Spärliche, was ich dem Zeitungsleser wußte. Sie schaute kurz zu dem Tisch, musterte den alten Mann und bestätigte meinen Eindruck, daß es sich um einen vornehmen Herrn handelte. „Er muß viel allein sein, vielleicht ist er Witwer." Danach unterhielten wir uns, verzehrten unser Frühstück. Nach einer kurzen Weile erschien die Bedienung. Ich hatte nicht bemerkt, daß er sie gerufen hatte, er bezahlte seinen Kaffee, nahm die Zeitung, legte sie ordentlich zusammen und hängte sie wieder an den Ständer, von dem er sie genommen hatte, zog seinen Mantel an. Draußen war es kalt, es war Anfang Dezember, er grüßte mich kurz und verließ das Lokal. Ich sah ihn dann einige Tage nicht, weil ich mich auf einer Dienstreise befand. Dann erfolgte eine Begegnung, die für mich völlig unerwartet war. Ein entfernter Verwandter war gestorben. Er war über 7o Jahre alt, ich hatte ihn schon lange nicht mehr gesehen und hatte keine Beziehung zu ihm gehabt. Zur Beerdigung bin ich nur gegangen, weil ich meiner Mutter, die krank im Bett lag, einen Gefallen tun wollte. Es waren nicht viele Leute, die um das Grab standen. Meist nur alte Leute. Ich kannte niemanden. Etwas abseits stand zu meiner Überraschung der alte Mann aus dem Café. Er sprach mit niemandem, schaute angestrengt zu Boden.

Er stand auch noch in der Nähe des Grabes, als schon alle anderen Trauergäste gegangen waren. Ich faßte mir ein Herz, ging zu ihm hin und sprach ihn an: „ War er ein Verwandter oder Freund von Ihnen?" Er schaute nicht zu mir. Zunächst dachte ich, er habe mich nicht verstanden. Plötzlich sagte er leise vor sich hin: „Mein letzter Freund nach dem Tod meiner Frau." Dann drehte er sich um und ging langsam den Weg zum Ausgang des Friedhofs. Ich versuchte nicht, ihm zu folgen. Zwei Tage später ging ich wieder in mein - unser – Lokal. Ich war pünktlich um 8.55 Uhr da, und wartete gespannt, ob der alte Mann kommen würde. Es vergingen 10 Minuten und ich hatte schon die Hoffnung fast aufgegeben, als plötzlich die Tür aufging. Es war wie immer. Er ging zur Garderobe, er hängte den Mantel auf, schaute kurz zu mir - mir schien er etwas ernster und trauriger als sonst, aber vielleicht täuschte mich auch mein Eindruck – er nickte kurz, setzte sich und bejahte die Frage der Bedienung bei der Bestellung. Dann holte er sich die Zeitung und vertiefte sich in die Neuigkeiten der Welt.

Wann darf ich endlich sterben?

Er wußte es schon lange, es ging mit ihm zu Ende. Nicht nur die qualvollen Schmerzen, sondern auch die Gesprächsfetzen, die er aus vielen Bemerkungen der Ärzte und Schwestern mitbekommen hatte, hatten seinen Anfangsverdacht Gewißheit werden lassen. Es war wohl nur eine Frage von Tagen und Stunden. Während er in seinem Bett lag und an die Decke starrte, fragte er sich zum wiederholten Male, wie es sein würde. Wie würde sich das Ende ankündigen? Ging es schnell? War es schlimmer als die Schmerzen, die ihn dauernd quälten? Und danach? Ihm fielen Filmszenen ein, Schlüsse von Büchern, kluge Vorträge, die Spekulationen über den Tod und die Augenblicke kurze Zeit danach anstellten. Angeblich sollte man in eine große Helle hineinfliegen, fantastische Farben sehen, sich aus großer Höhe beobachten können. Das Gefühl sollte unbeschreiblich schön sein, hatten Menschen im Fernsehen berichtet, die bereits klinisch tot waren und wiederbelebt worden waren. Sie hatten es zumeist bedauert, wieder am Leben zu sein. Er wurde in seinen Überlegungen jäh unterbrochen, weil der Schmerz, der durch die Medikamente für kurze Zeit betäubt war, wie ein heimtückischer Überfall wiederkam und ihm den Atem und jede Überlegung nahm. Er kämpfte gegen den bohrenden Schmerz an, der kalte Schweiß lief ihm am ganzen Körper herunter. War das schon das Ende? Wie schön mußte es sein, mitten aus dem Leben durch einen Herzschlag, einen Unfall herausgerissen zu werden. Der Gedanke ließ ihn nicht mehr los, wurde aber gleich wieder zurückgedrängt, weil eine neue Schmerzwelle ihn erfaßt hatte. Er schrie laut, bis sein Gehirn abschaltete. Als die Schwester, die seine Frau engagiert hatte, ins Zimmer trat – sie war durch den letzten Schrei des Patienten alarmiert worden – fand sie ihn bleich und ruhig im Bett liegen. Er war nicht bei Bewußtsein. Sein Atem ging stoßweise, nur an den krampfartigen Zuckungen konnte man sehen, daß die Schmerzen den geschundenen Körper noch nicht verlassen hatten. Sie ging ins Stationszimmer, holte eine Spritze, nahm seinen rechten Arm, der schlaf aus dem Bett hing, legte die Vene frei und drückte dann die Spritze mit der Injektion in seinen Arm. Der Atem ging nach einiger Zeit ruhiger und nach etwa einer Viertel Stunde hatte er sich ganz beruhigt. Später, es war inzwischen Abend geworden, lag er im Bett und atmete ruhig. Er war aufgewacht, schaute zum Fenster und begann, wieder zu überlegen. Die Schmerzen waren abgeklungen, es war jetzt auszuhalten, aber die Angst vor dem nächsten Schub steckte in ihm. Wie oft, wie lange, ging es ihm durch den Kopf. Zunächst hatte es noch Lebensmut und die Angst vor dem Sterben gegeben. Dann, und der Gedanke kam immer häufiger, wenn die Schmerzen abklangen, wünschte er sich nur noch den Tod. Er hoffte auf die Erlösung von seinen Schmerzen, der Angst. Wenn der Anfall kam, waren alle Gedanken ausgeschaltet, er war nur noch Schmerz. In allen Fasern schüttelte es ihn dann, drohte ihn zu zerreißen. Er hatte schon versucht, sich auf etwas außer sich selbst zu konzentrieren, er hatte die Zähne in die Lippen verbissen. Auch das hatte leider nichts gebracht. Mehrfach hatte er den Chefarzt darauf angesprochen, ob er nicht seinem Leiden ein Ende machen könne, aber es gab keine Reaktion und so ging es stetig weiter. Nur die Intervalle zwischen den Schmerzanfällen wurden kleiner. Ihm selbst erschienen sie wie kurze Minuten des Aufatmens. Wann endlich war er erlöst? Als die nette, etwas dickliche Schwester, die ihn jetzt die ganze Woche betreut hatte, wieder zu ihm kam und ihm den kalten Schweiß von der Stirn wischte, sprach er leise zu ihr. Sie konnte ihn nur hören, weil sie ihr Ohr an seinen Mund legte: „Wann darf ich endlich sterben?". Dabei liefen ihm vor Anstrengung die Tränen über die Wangen. Die Schwester streichelte seine Wangen und sagte: „Es wird alles gut für Sie." Sie holte eine schmale Tüte aus ihrer Tasche, riß die Verpackung auf, holte die Einwegspritze heraus, prüfte, ob die Spritze funktionierte und drückte sie in die Vene des regungslos im Bett liegenden Patienten. Danach ging sie wieder aus dem Zimmer. Die Tür ließ sie auf.

Reiß Dich zusammen!

Reiß Dich zusammen! Das war immer die Losung gewesen, die ihm, dem jüngsten Sproß der Familie mitgegeben wurde, wenn kleine Malaisen den kleinen Karl bedrückten, wenn er hingefallen hatte, das Knie aufgeschürft hatte und Tränen drohten. Mit diesem Spruch wurde der Tränenstrom gesteuert. Wenn er von Mitschülern gehänselt wurde, eine Klassenarbeit danebenging, hieß es stets: „Reiß Dich zusammen." Wenn dieser Spruch von der Mutter, ab und zu vom Vater dem Kleinen vorgehalten wurde, dann biß er die Zähne aufeinander und hielt die Schmerzen aus. Auch der Zahnarztbesuch lief nach diesem Ritual ab, die Angst wurde zwangsläufig gesteuert bzw. verdrängt, wenn Mutter ihm den Spruch vorhielt und er die Schmerzen beim Zahnziehen aushalten mußte. Später war er dann in den Hintergrund gedrängt worden. Die Schule war vorüber, die Berufsausbildung erfolgreich abgeschlossen und seit nunmehr fünf Jahren war er in einer guten Position in einem angesehenen Unternehmen tätig. Jetzt lag er in den Kissen des Krankenhausbettes, das bleiche Gesicht unterschied sich in der Farbe nicht wesentlich von der Farbe des Bettes. Seine Mutter saß bei ihm am Bett und hielt seine Hand. Dann kam der Anfall, der gesamte Körper wurde von Krämpfen geschüttelt. Er schrie vor Schmerzen auf, das Gesicht verzerrte sich zu einer Grimasse. Offensichtlich fielen die Schmerzen wie ein Orkan über ihn her, wie eine Flutwelle, ein Flammenmeer, das ihn begrub. Die Mutter klingelte nach dem Arzt. Ohnmächtig saß sie da. Als der Anfall ihn wieder zu Atem kommen ließ, begann sie automatisch, ohne weiter zu überlegen: „Reiß Dich ...", sie stockte erschrocken über die völlig unpassenden Worte und verschluckte den Rest dieses zur Tradition gehörenden Spruches der Familie, der in dieser Situation seine Bedeutung verloren hatte. Ermattet lächelte ihr Sohn im Bett. Es waren praktisch die letzten Erinnerungen, die sie an ihn hatte. Sie spürte dabei jeweils den schlechten Nachgeschmack, den sie hinterließen. Die Worte „Reiß Dich zusammen!" kamen ihr nie mehr über die Lippen.

Ins Land der Romantik

Ihn hatte es richtig gepackt. Er war gar nicht wiederzuerkennen. Vergnügt ein Liedchen pfeifend, zog er sich das Oberhemd an, ging, um den Schlips zu binden, ins Badezimmer und stellte beim Blick in den Spiegel fest, daß er vergessen hatte, sich zu rasieren. Das war ihm, dem korrekten, eher pingeligen Lehrer, solange er denken konnte, noch nie passiert. Er war glücklich und da konnte ihm dieses Malheur nicht die gute Laune verderben. Schnell zog er das Oberhemd wieder aus. Dabei riß er noch den Kragenknopf ab. Während sonst bei einem derartigen Mißgeschick die Laune für den bevorstehenden Tag verdorben war, runzelte er nur die Stirn, legte das Hemd akkurat zusammen und suchte ein neues Hemd aus dem Schrank. Dann legte er die graue Krawatte mit den kleinen schwarzen Streifen, die er eigentlich hatte anziehen wollen, wieder zurück und holte nach längerer Überlegung, nachdem er drei oder vier aus dem Schrank geholt und vor die Brust gehalten hatte, eine leuchtend rote Krawatte heraus. Die hatte er von seinem besten Freund zum Geburtstag bekommen. Angezogen hatte er sie noch nie. Sie war ihm immer zu schreiend vorgekommen und für die Schule war sie völlig unangebracht. Heute fand er sie toll. Normalerweise hatte er für jeden Wochentag die passende Krawatte, d.h. Montag die silbergraue, Dienstag die blaue mit den weißen Punkten und so ging es bis zum Freitag. Er fiel also völlig aus dem Rahmen. Na, macht nichts, sagte er bei sich. Seine veränderte Stimmung fiel den Schülern bereits in der ersten Stunde auf. Er hatte Geschichte bei der VII b, normalerweise ein unruhiger Haufen, in dem immer einige waren, die schwätzten, tuschelten oder lachten. Heute schauten sie alle interessiert nach vorn, gespannt, was kommen würde. Er gab sich Mühe, normal zu erscheinen, versuchte, mürrisch oder ironisch, um nicht zu sagen zynisch auf falsche Antworten zu reagieren. Aber so sehr er sich bemühte, sein gewöhnliches Verhalten an den Tag zu legen, es gelang ihm nicht. Seinen Kommentaren fehlte die Schärfe, den Sarkasmen der Biß. Bald gab er die Versuche, die Schüler auf Kosten ihrer Mitschüler zu belustigen auf, wurde sachlich, beendete das inquisitorische Frage- und Antwortspiel. Heute begann er, den Stoff wie ein Märchenerzähler im Orient als kleine Episoden zu erzählen, schmückte die Erzählungen aus, hob und senkte die Stimme, setzte Mimik und Gestik ein und stellte mit Erstaunen fest, daß immer mehr Schüler ihre üblichen Beschäftigungen im Unterricht beiseite ließen und gespannt, ja teilweise wie gebannt nach vorne blickten. Zum ersten Mal in seiner Laufbahn als Lehrer fühlte er sich nicht als Dompteur einer amorphen Gruppe, bei der er seinen Stoff herunterspulte. Er stand im Mittelpunkt des Interesses. Die Schüler waren fasziniert und diese Tatsache überwältigte ihn selbst. Indem er redete, beobachtete er sich selbst. Der Lehrstoff kam von selbst wie ein hell sprudelnder Quell aus ihm heraus. Er brauchte gar nichts zu tun, es ging wie von selbst. Er war glänzender Laune und die Schüler auch.
Als die Stunde zu Ende war, meinte er, einige Stimmen der Enttäuschung zu hören. Das hatte er noch nie erlebt. Auch ihm war die Stunde wie im Flug vergangen.

Der letzte Drink

Vor drei Tagen war es gewesen, als er die Nachricht von Roberts Tod bekommen hatte. Es war völlig unerwartet gekommen. Samstag waren sie noch zusammen auf einer Geburtstagsfeier einer gemeinsamen Bekannten gewesen. Wie immer war es hoch hergegangen, wenn sie beide irgendwo eingeladen waren. Sie waren so beliebt wie gefürchtet, besonders, wenn sie zu zweit auftraten. Nicht daß sie ausfällig geworden wären, Streit angefangen hätten oder den Teppich vollgekotzt hätten. Nein, sie beide steckten voller Humor und Ironie. Nur wenige waren ihnen gewachsen. Je mehr sie tranken, desto mehr lästerten sie. Aber nicht primitiv, wie man meinen könnte, sondern mit Geist. Meist überwog der freundliche Spott, aber er konnte bei arroganten Leuten auch in beißende Ironie umschlagen. Das wurde besonders dann deutlich, wenn sie sich gegenseitig im Gespräch geistig die Bälle zuwarfen. Je mehr sie tranken, desto besser wurden sie. So war es auch Samstag gewesen. Nachts um 1 Uhr hatten sie sich getrennt. Dann hatte er nichts mehr von ihm gehört und gesehen. Für einen 48-jährigen Junggesellen wie Robert, der bis dato bei seiner alleinstehenden Mutter gelebt hatte, war das nicht ungewöhnlich. Wie er von dessen Mutter erfuhr, war er Dienstag früh an einem Herzschlag gestorben. Sie hatte geweint und gesagt, die Beerdigung sei Freitag um 11 30 Uhr auf dem städtischen Friedhof. Nun stand er am Grab. Nur er und die alte Frau, die schon seit langer Zeit Witwe war. Alle anderen waren schon weggegangen. Die Zeremonie in der kleinen Kirche war gottlob vorüber und auch die Szene am Grab hatten sie überstanden. Jetzt war die alte Frau allein am Grab und starrte hinein.

Er fürchtete schon, sie werde ins Grab springen, aber sie stand nur da und bewegte sich nicht. Dann überlegte er. War es besser, das augenblickliche Glück voll auszukosten, wie sie es beide getan hatten? Oder mußte man zurückhaltend sein, weil das Glück schon den Anfang von Unglück, möglicherweise Leid in sich trug, weil man den Überschwang vielleicht bald bereuen würde? Aber wenn man die glücklichen Momente nur sparsam, ja gebremst genoß, würde dann nicht das seltene Gefühl des Übermutes und der Leichtigkeit des Seins durch Abwarten getötet? Muß man sich zurücknehmen in Freud und Leid? Ist das natürlich und Selbstbeherrschung menschlich? Oder ist alles Ausleben von Gefühlen Teil von Selbstzerstörung? Ist das der erste Schritt zur Vollkommenheit? Mit diesen Überlegungen war er, so wurde er sich gewiß, beim Thema „Vernunft oder Gefühl?". Was hatte Vorrang? Tötet die Vernunft das Gefühl, vernichtet das Gefühl den Verstand?

Er kam zu dem Schluß, daß eine Dosierung von Gefühlen nur mit Vernunft möglich war. Daraus ergab sich die Frage, ob es Gemeinsamkeiten im Empfinden der Menschen gäbe oder man stets mit seinen Gefühlen allein war? Er sagte sich, man kann vielleicht ähnlich denken wie ein anderer, aber auch fühlen? Wenn ja, wie stellt man die Gemeinsamkeiten fest? Gedanken kann ich mit anderen besprechen. Verfliegen Gefühle nicht schon mit der Erklärung wie ein Nebel? Er blickte auf die verhärmte Frau, die mit tränenleeren Augen allein am Grab stand und mit ausdruckslosem Blick durch ihn hindurchsah. Gab es „Mit"-Leid, „Mit"-Gefühl überhaupt? Auch er empfand Trauer für den Toten, schließlich war es sein bester Freund gewesen. Aber heißt gemeinsam trauern auch, mit einem anderen leiden und so wie er fühlen? Er war sich der Unvollkommenheit seiner Trauer bewußt, wußte, daß es keine Gemeinsamkeit zwischen seinen Gefühlen und denen der trauernden Frau geben würde, nicht geben konnte. Mitgefühl kann nur der Versuch sein, seine eigenen Gefühle zu leben, vielleicht begegneten sie sich irgendwo mit den Gefühlen des anderen. Trost gewinnt man nicht, so schien es ihm, wenn man in den Wettstreit der eigenen mit den Gefühlen anderer tritt, sondern jedem seine eigenen Gefühle beläßt. Empfindungen kann man nicht weitergeben, sie nicht vererben. Man muß sie erleben. Sie gehören anders als die Gedanken, die man sich zu eigen machen kann, nur dem, der sie erlebt, der sich öffnet, um sie zu spüren.

Er schreckte aus seinen Gedanken auf. Ohne ein Wort zu sagen, richtete er die alte Frau auf, legte seinen linken Arm um ihre Hüfte, bettete ihren Kopf an seine Schulter und begann vorsichtig, die ersten Schritte mit ihr. Die welke, runzlige Hand nahm er in seine und streichelte sie ganz zart. Dann gingen sie mit langsamen Schritten den Weg vom Grab Richtung Hauptweg. Sie waren die Letzten. Alle anderen Trauergäste waren weit voraus. Er konnte sie in der Ferne sehen, die Letzten schritten gerade durch das große schmiedeeiserne Tor auf dem Friedhofsvorplatz. Dort versammelten sie sich und warteten auf sie, die langsam dahinschritten. Es hatte zu regnen aufgehört, und es roch nach frischer Erde, Blumen und Gras. Ein Geruch, den er so gern mochte. So wie es im Sommer duftet vor Sonnenaufgang, wenn der Tau auf Blumen und Gräsern liegt, die Vögel ihr Morgenlied erschallen lassen. Wenn man noch keinen Autolärm hört, das Treiben der Menschen noch nicht begonnen hat, das Licht fahl ist und es langsam heller wird. Die Luft ist frisch, und man will die Frische gänzlich in sich einsaugen, sie für immer, mindestens aber für den bevorstehenden Tag bewahren. Schnell weiß man, daß man diesen kleinen Glücksmoment, den Augenblick der Zufriedenheit, nicht konservieren kann. Daran dachte er eine Weile, fühlte sich trotz der Trauer glücklich, befragte sich, ob er das dürfe und beruhigte sich dann selbst. Der Freund hätte ihn verstanden. Auch er hätte sich vor den bevorstehenden Feierlichkeiten im Lokal gefürchtet, hätte das oberflächliche Geschwätz verabscheut. Aber auch der Verstorbene wußte für solche Gelegenheiten – sie hatten einige Trauerfeiern gemeinsam durchgestanden – kein Patentrezept. Bei der jeweiligen Nachbesinnung waren sie immer beide der Meinung gewesen, daß neben der Politik nur am Grab so viel gelogen wird, und daß man Trauerfeiern einzig dadurch von anderen Festen, z.B. einer Hochzeit unterscheiden kann, daß bei ihnen normalerweise nicht getanzt wird. Beide hatten deshalb stets betont, daß man dem lustigen Charakter einer Beerdigung doch Rechnung nach dem Motto „Na, der hat es jedenfalls geschafft" tragen müsse. Der Kies knirschte unter den Füßen. Heute wäre ihm sicherlich eine ironische Bemerkung eingefallen, oder er hätte gelacht, wenn ich gelästert hätte, fiel ihm ein. Das würde er jetzt nicht mehr haben, einen Gegenpart im steten Spiel des Gedanken-Pingpongs. Das lustvolle Reiben an Bonmots, das Auskosten abstruser Vorstellungen menschlicher Unzulänglichkeiten half über Pannen und Rückschläge, Depressionen hinweg. Die auf das Essen und lärmendes Geschwätz vor dem Tor wartende Menge hätte sie beide amüsiert und sie hätten beide den gemeinsamen Kummer über den Verlust eines Freundes mit Sarkasmen kräftig in Alkohol ertränkt. Diese Trauerfeiern hatten stets mit Kopfschmerzen am nächsten Tag „würdig" geendet. Bei ihnen beiden war zumindest jedesmal ein körperliches „Mit"-leiden übriggeblieben, so waren sie den Lebensgeschichten und Lobhudeleien unbekannter Verwandter entgangen.

Er beschloß, sich diese Tortur nicht anzutun. Sein verstorbener Freund hätte das auch nicht getan und so lieferte er erst die alte Frau bei ihren Verwandten ab.
Auf die vielstimmige Frage, mit wem er denn zum Lokal fahre, denn ein Auto hatte er nicht, erzählte er jedem etwas anderes. Dann, als alle weg waren, setzte er sich auf sein Fahrrad, das er an einer Ecke der Friedhofsmauer abgestellt hatte, und fuhr in die Lieblingskneipe des Verstorbenen. Oskar, der Wirt, stand wie immer hinter der Theke und trocknete die Biergläser ab, die er gerade gespült hatte. „Ein Bier und ein Korn, Oskar, wie immer", sagte er im Vorübergehen. Dann steuerte er auf seinen Stammplatz an dem runden Holztisch in der Ecke zu. Dieser Tisch war immer ihr Tisch gewesen. Oskar hatte ihn, sofern es ging, freigehalten. Oskar brachte den Korn, „Bier kommt gleich", dann musterte er seinen Stammgast und dessen dunklen Anzug mit schwarzer Krawatte. „Kommt Franz auch?", fragte er. „Nein, ab heute nicht mehr." Er deutete auf den Korn und das Bier, das die Kellnerin gerade hingestellt hatte: „Ich verabschiede mich gerade von ihm", damit setzte er den Korn an den Mund, goß ihn herunter, schüttete das Bier hinterher, legte einen Zehnmarkschein auf den Tisch, erhob sich und verließ, ohne sich umzusehen, das Lokal. Zu Oskar gewandt, bemerkte er noch: „Den Stammplatz brauche ich nicht mehr!"

Jung werden

Die geheime Sehnsucht, sie konnte wahr werden. Er würde noch einmal jung werden! Jung werden mit aller Frische, die die Jugend in sich hatte, der Unbekümmertheit, der Ausgelassenheit, der Lust an Spaß. Die Unverdorbenheit von Macht und Geld, der Lust, sich im Gefühl zu verlieren, den Augenblick festzuhalten, sich auszuleben, ohne auf die Folgen in der Zukunft zu schauen. Ein Rendezvous mit einem unbekannten Mädchen würde wichtiger sein als ein Termin zur Förderung der Karriere. Die Fesseln von Arbeit, Familie, Freunden, das tagtägliche Einerlei, alles würde er hinter sich lassen können. Er konnte wieder ausgelassen eine ganze Nacht mit Freunden diskutieren, trinken ohne Rücksicht auf den Magen, es drohte kein Herzinfarkt. Er fand sich auf einem Weg in die verlorene Jugend, in das verschüttete Glück, er hatte endlich den Trott des Alltäglichen mit seinen Verpflichtungen verlassen. Der Weg war gerade ohne Steigungen, es lagen keine Berge, die man erklimmen mußte, vor ihm. Er schritt auf dem Weg mit Blumen und blühenden Büschen am Wegesrand munter den leicht hügeligen Pfad entlang. Noch nie vorher war er so entspannt, so glücklich gewesen. Nie hatte er sich so leicht und unbeschwert gefühlt. Er hätte immer so weiter wandern können. Er wußte, er war auf dem Weg zur verlorenen Jugend. Wie hatte er sich danach gesehnt! Endlich war er kurz vor dem Ziel! Es war hell, aber die Sonne war nicht zu sehen. Offensichtlich stand die Dämmerung unmittelbar bevor. Gleich würde sicher die Sonne aufgehen und ihn in das Land seiner Sehnsucht, seiner unerfüllten Wünsche führen. Er wußte jetzt, daß er sich die letzten zwanzig Jahre nach nichts anderem gesehnt hatte. Dort am Horizont winkte die Erfüllung.

Plötzlich war er nicht mehr allein. Er hatte es gar nicht bemerkt. Vor ihm ging noch eine andere Person. Sie hatte offensichtlich das gleiche Ziel vor Augen. Er beschleunigte seine Schritte, um zu dem Unbekannten aufzuschließen. Kurze Zeit später hatte er ihn eingeholt. Ohne ihn anzusehen sprach er ihn begeistert an: „ Sind Sie auch auf dem Wege in die Jugend? Schauen Sie dort in der Ferne am Horizont der Sonnenaufgang, wir nähern uns immer näher unserem Ziel." Erst jetzt drehte sich der unauffällig gekleidete Mann ihm zu. „Was meinen Sie, auf dem Wege zur Jugend? Wie kommen Sie denn auf die Idee?" „Na, sehen Sie denn die aufgehende Sonne nicht, sie weist doch auf die Jugend hin. Und der Weg, er ist bequem, gerade und keine Steigungen, so wie er mir aus meiner Jugend immer in Erinnerung ist." Sein Gegenüber lachte auf und zeigte auf die Sonne am blutroten Horizont: „Sind Sie sicher?" Er schaute genau hin und nun sah er es selbst. Es war nicht die aufgehende Sonne, die sich über den Himmel schob. Der glutrote Ball, der den Himmel mit den rosa Wölkchen ausfüllte, senkte sich langsam und allmählich nach unten. Aber wenn das nicht der Sonnenaufgang war, konnte es sich nur um den Sonnenuntergang handeln. War er etwa nicht auf dem Weg zur Jugend! „Aber", wandte er sich an seinen Begleiter, „warum ist der Weg dann so eben?" „Warum strengt er mich nicht an? Ich fühle mich so leicht und unbeschwert. Und die vielen

Blumen und blühenden Büsche?" „Weißt Du das nicht selbst? Die Anstrengungen und Mühen Deines Lebens liegen hinter Dir, deshalb fühlst Du Dich leicht und unbeschwert. Auf dem Weg, den Du noch zu gehen hast zum Sonnenuntergang, können Dich die kleinen Wegkrümmungen und kleinen Hügel nicht aus der Bahn werfen. Die Jugend mit allen ihren Mühen, ihrer Arbeit, dem Kummer über nicht erfüllte Erwartungen, den Enttäuschungen, sie ist nicht so schön, wie Du glaubst.

Du würdest sie weder verstehen noch aushalten. Du hast so viele Strapazen überstanden, bist einen langen Weg gegangen, so daß Du auch die letzten Meter in Ruhe und gefaßt gehen wirst." Nach diesen Worten entfernte sich der geheimnisvolle Begleiter von ihm. Er ging in die gleiche Richtung wie er auf den Sonnenuntergang zu. Nach einiger Zeit konnte er die Silhouette der dunkel gekleideten Gestalt gegen den blutroten Himmel sehen. Ihr schwarzer Mantel zeichnete sich deutlich ab, dann war er verschwunden und ließ ihn mit seinen Gedanken allein. Vielleicht hat der Unbekannte recht...

Der letzte Brief

Meine Liebe,

dies ist sicher mein letzter Brief an Dich und die Kinder. Morgen früh um sechs Uhr soll die Hinrichtung sein! Du weißt, ich bin kein guter Briefeschreiber, und wenn Du unsere Zeit der Ehe und des Zusammenseins Revue passieren läßt, dann ist es nicht öfter als zwei- oder dreimal vorgekommen, daß ich Dir geschrieben habe, Postkarten einmal ausgenommen. Jedesmal wußte ich aber vorher, daß es nicht mehr lange dauern kann, bis wir uns wiedersehen. Jetzt ist alles anders, es ist die Zeit des Abschiednehmens. Wenn man eine Krankheit hat und die Ärzte einem klargemacht haben, daß es nicht mehr lange dauern kann, Wochen, Tage oder Stunden, dann bleibt die Ungewißheit des genauen Zeitpunkts. Vielleicht habe sie sich geirrt. Gott läßt sich nicht von Ärzten auf einen genauen Punkt fixieren. Bei mir und den anderen, die morgen früh hingerichtet werden, sieht es anders aus. Wir alle wissen, daß wir gegen sieben Uhr früh alle tot sein werden. Diese Gewißheit kann einen verzweifeln lassen, sie kann aber auch tröstlich sein. Als das Todesurteil verkündet wurde vor nunmehr drei Tagen, war es ja klar, daß der Tag, die Stunde kommen würde. Ich hatte genügend Zeit, mit mir, meinem Leben und dem bevorstehendem Tod ins Reine zu kommen. Mehr Zeit hätte mich eher zweifeln, vielleicht verzweifeln lassen. Es ist auch gut, daß ich Dich und die Kinder nicht mehr sehen konnte. Ich kann Euch nicht weinen sehen, wie Du weißt. Ich hatte schon immer nah am Wasser gebaut. Jede rührselige Szene im Fernsehen hat mir das Wasser in die Augen getrieben und Beerdigungen erst recht. Während ich diese letzten Zeilen schreibe an jenem Holztisch, an dem vor mir sicher schon viele Menschen gesessen haben, läuft unser gemeinsames Leben wie ein Film vor mir ab. Kleinigkeiten fallen mir ein, die ich längst vergessen hatte. Schöne, lustige, traurige und aufregende Erlebnisse. Die Taufe unser Kinder, Konfirmation, Einschulung, Abiturfeier sind mir eigentlich nicht so im Gedächtnis, aber die Aufregung, weil unsere Tochter früh um drei Uhr noch nicht zu Hause war und wir nicht wußten, wo sie war. Wie sich alles ruhig aufklärte, weil sie schon vor drei Stunden gekommen war, sich aber im Wohnzimmer auf den Fußboden gelegt hatte, um uns nicht zu störe. Die Reise in den Urlaub mit allen Kindern ohne Dich, weil Du erst später nachkommen konntest, die endlosen Diskussionen über die Verehrer unserer Töchter, das berufliche Fortkommen unserer Kinder, der Tod der Eltern. Dazwischen die Erinnerung an kleine Wehwechen der Kinder.

Ausgelassene Freude, stille Zufriedenheit. Im Ganzen war es im Rückblick eine schöne Zeit. Ich möchte keinen Tag, keine Stunde, keinen Moment missen.

Vieles hätte anders laufen können, manches besser, aber im Ganzen gesehen war es schön. Ich hätte mit Dir sicher auch ein anderes Leben ertragen. So wie es war, war es die Erfüllung aller Träumen. Deswegen gehe ich morgen mit einem Gefühl der Dankbarkeit Dir, den Kindern und Gott gegenüber, die mir dies zuteil werden ließen, ohne daß ich es verdient gehabt hätte. Nur aus diesem Grund werde ich gelassen und ohne Groll gegenüber meinen Henkern sterben, denn sie können mir das Gefühl gelebter Glückseligkeit nicht nehmen. Sie schneiden nur die ungewisse Zukunft ab, können mir meine, unsere schöne Vergangenheit nicht nehmen. Du und unsere Kinder werden ihre Zukunft auch ohne mich meistern. Man muß nicht körperlich anwesend sein, um weiterzuleben. Vielleicht kann auch die Erinnerung, die körperlichen, geistigen und seelischen Kräfte mobilisieren. Gerüstet seid Ihr nicht erst jetzt. Deswegen scheide ich in der Gewißheit, trotz aller Fehler als unvollkommener Mensch, für das ich Euch um Verzeihung bitte, wenigstens auf dem richtigen Weg gewesen zu sein, wenn es mir auch nicht vergönnt war, ihn langsam und bedächtig zu Ende zu führen.

Es umarmt Euch Euer, Euch immer liebender Mann und Vater!

Der Leichenschmaus

Essen und Trinken hält Leib und Seele zusammen. Da dieser Spruch von allen bejaht und niemandem bestritten wird, sind sich auch alle einig darüber, daß zu jeder Gelegenheit und demnach auch zu jeder Trauerfeier ein Essen gehört. Essen und Trinken gehört zur Arbeit, dort nennt man es auch Arbeitsessen. Bei Trauerfeiern nennt man diese Institution „Leichenschmaus". Wenn das Essen bei der Arbeit das weitere Arbeiten erleichtern soll, so soll der Leichenschmaus die Beerdigung selbst versüßen. In vielen Fällen ist er auch der Übergang von der Zeit der Trauer in das normale Leben. So war es auch hier. Die Beerdigung war vorüber, alle eingeladenen Gäste und auch die nicht eingeladenen Trauergäste waren im Landgasthaus eingetroffen. Es wurde wie bei allen vergleichbaren Veranstaltungen zunächst gedämpft von dem Verstorbenen, der Witwe und den Waisen gesprochen. Man trank Kaffee, es gab Kuchen, aber auch kalten Braten mit Kartoffelsalat, also ein kleiner Leichenschmaus, nicht vergleichbar mit den großen Traueressen, bei denen Lachs und Kaviar sowie Champagner gereicht werden. Die Gespräche wurden dann lauter, als man schon ein wenig getrunken hatte. Einige der Trauergäste hatten Bier bestellt, mehrere wollten auch mit einem Klaren oder einem Cognac auf den Verstorbenen anstoßen. Später spielte der Tote eigentlich keine Rolle mehr. Die Mienen der Gesichter hellten sich auf, man erzählte sich Witze, in einer Ecke hörte man dröhnendes Lachen. Auch die Eltern des Toten waren vergnügt, die Witwe lachte ab und zu mit. Kaffee wurde praktisch nicht mehr getrunken, dafür stieg der Wein- und Bierkonsum erheblich. Wer nicht den Grund der Veranstaltung kannte und die schwarzen Krawatten und Mäntel und Anzüge nicht beachtete, mußte denken, hier würde ein runder Geburtstag gefeiert. Wenn es Musik gegeben hätte, dann hätte auch getanzt werden können. Die Stimmung hätte es durchaus zugelassen. Ernst, der älteste Sohn, hatte sich das Treiben der Trauergäste, seiner Großeltern, der Mutter und teilweise der Bekannten und Fremden zunächst ungläubig und erstaunt angesehen, später hatte er sich angeekelt abgewandt und seinen jüngeren Bruder gefragt, ob er mit ihm nach draußen gehen könne. Vor der Tür unterhielten sich die beiden Brüder über die Feier. Danach beschlossen sie, noch einmal zum Friedhof zum Grab ihres Vaters zu gehen. Dort standen sie längere Zeit, hatten sich an den Händen gefaßt und schauten zu dem großen Hügel, der mit Kränzen und Blumen bedeckt war. Sie sahen sich an und die Tränen traten ihnen in die Augen. „Jetzt gehen wir nach Hause, in die Kneipe gehen wir nicht mehr", sagte der Ältere und der Jüngere stimmte zu. Zuhause waren sie auch, als ihre Mutter mit der Tante und dem Onkel eintrafen. Alle waren zunächst ganz aufgeregt, dann aber wieder beruhigt, daß die beiden Söhne hier waren. Ohne große Worte verstanden sie, daß die beiden Jungen nicht die ausgelassene Stimmung der Trauergesellschaft hatten ertragen können. Mutter sagte nur: "Ihr habt schon recht. Mir war auch nicht zum Feiern zumute, aber es ist halt so Sitte." Damit war eigentlich alles gesagt.

Der Großvater

Im Nachbarzimmer saßen Frau und Tochter. Sie unterhielten sich darüber, ob es wirklich besser gewesen war, ihn, den Ehemann und Vater, nach Hause zu nehmen. Aber er hatte es sich so gewünscht, zu Hause zu sterben und man konnte doch seinen letzten Wunsch nicht einfach ignorieren. Jetzt hatte sich dieses Unterfangen als ziemlich belastend herausgestellt. Im Wohnzimmer stand das Krankenhausbett aus Stahl. Die von ihnen engagierte Schwester hatte darauf bestanden. Sie hatte erklärt, nur so sei eine Pflege möglich. Überhaupt hatten sie, Ehefrau und erwachsene Tochter, die sich mit ihrer Anwesenheit abwechselten, sich ihre Tätigkeit viel weniger anstrengend vorgestellt. Insgeheim hatten sie beide ihren Entschluß, den Patienten nach Hause zu nehmen, schon längst bereut. Aber sie würden es sicher niemals zugeben, jedenfalls nicht vor einander. Ab und zu, wenn man genau zuhörte, konnte man aber feststellen, daß sie ihm einen baldigen, barmherzigen Tod wünschten. Vielleicht wünschten sie es sich selbst am meisten. Nach außen versicherten sie freilich, sie hofften ständig auf eine Besserung und sie versicherten auch ihm, dem Patienten stets, er werde sicher bald gesund werden. Der Arzt hatte ihnen keine Hoffnung gemacht. Es war eine Sache von Tagen, allenfalls von Wochen. Bis dahin mußten sie alle es aushalten. Sie mußten den Kranken umsorgen und Frieden untereinander halten. Es hatte mit großer Überwindung jedes einzelnen bisher geklappt, auch wenn es wegen Kleinigkeiten zu kleineren Reibereien gekommen war. Meist ging es um die zeitliche Einteilung, d.h. wer von ihnen an der Reihe war, dem Kranken Gesellschaft zu leisten und kleine Handreichungen zu leisten, wenn es die engagierte Schwester nicht konnte. Aber allmählich merkte man, daß die Nerven der Beteiligten zum Zerreißen gespannt waren. Schon ein einziges falsches Wort, ein Stirnrunzeln am falschen Ort, eine Geste konnten das Faß zum Überlaufen bringen. Gestern war es soweit, die Schwester war gerade nach Hause gegangen. Da bekam der Kranke einen Anfall. Die Tochter war zum ersten Mal an diesem Nachmittag in der Stadt gewesen, um ihren Sohn von der Schule abzuholen. Schließlich konnte sie trotz der Krankheit ihres Vaters nicht die eigene Familie völlig vernachlässigen. Bisher hatte sich ja ihr Mann um den kleinen Sohn gekümmert und ihn in der Mittagszeit abgeholt. Heute hatte er aber eine wichtige Besprechung und so mußte sie selbst dran glauben. Sie kam etwa 30 Minuten zu spät am Haus ihrer Eltern an. Und dort war der Teufel los. Besser gesagt, es ging dort richtig zur Sache. Ihre Mutter lief mit einem Gesicht herum, als hätte sie ihr gerade mitgeteilt, die Welt ginge unter. Sie hörte gar nicht hin, als sie ihr erzählte, sie habe noch zur Schule gemußt. Dann mit einer Verspätung von einer Stunde ging das Theater richtig los. Mutter hatte es sich wohl vorgenommen, ihren lang angestauten Frust ihr gegenüber endlich einmal loszuwerden. Die Tochter komme immer zu spät, sei nicht bei der Sache und wäre glücklich, wenn ihr Vater, der so viel für sie an Geld und Zeit geopfert habe, endlich gestorben sei. Daraufhin hatte sie ihre Mutter angebrüllt, sie solle hier nicht so große Worte in den Mund nehmen. Sie wäre doch diejenige, die es gar nicht abwarten könne, wenn ihr Mann endlich tot sei und ihr Leben wieder normal verlaufe. Sie habe sich ja schon darüber aufgeregt, daß ihr Teppich möglicherweise zerknittert werde und die Flecken im Bettuch wahrscheinlich nicht mehr herausgehen würden. Sie brüllten sich gegenseitig eine halbe Stunde so laut sie konnten an und schenkten sich nichts. Danach wurden sie ruhig. Die Tochter ging in die Küche, um einen Kaffee zu kochen. Danach setzten sie sich schweigend an den Tisch und tranken ruhig eine Tasse. Dann fiel ihnen der Kranke ein. Er mußte alles mitgehört haben. Aufgeregt gingen sie in den Nebenraum. Der Vater lag nach hinten gesunken im Bett, die Kanülen an den Armen waren herausgerissen. Die Tochter ging zu ihm, fühlte den Puls, der kaum wahrnehmbar war. Sie raste zum Telefon und rief den Notarzt. Dieser war auch sehr schnell da, gab dem Kranken eine Spritze und veranlaßte den Transport ins Krankenhaus. Die Familie traf sich nach einer Woche bei der Beerdigung wieder, Vater hatte nicht mehr das Bewußtsein erlangt. Über den Vorfall vor dem Tod hatten sie nicht mehr gesprochen, auch später kam niemals mehr die Sprache auf die letzte halbe Stunde. Peinlich vermieden sie es auch, sich gegenseitig Vorwürfe zu machen oder sich zu streiten.

Der Traum

Jeder Mensch hat einen Traum, manche haben viele. Träume von einem speziellen Beruf, dem idealen Partner, einem rasanten Sportwagen oder einer Villa mit Meeresblick. Der kleine, schwer leberkranke Juan hatte nur einen einzigen Wunsch. Er mochte vor seinem Tod noch einmal seinen Vater sehen. Normalerweise dürfte das doch kein Problem sein, so denkt man. Und sicherlich ist es im rechtsstaatlichen Europa nicht unbedingt einsichtig, warum ein gesunder Vater nicht seinen todkranken Sohn besuchen sollte. Hier aber steht es anders. Wenn man in einem südamerikanischen Land lebt, in dem Menschen entführt werden, um politische Forderungen gegenüber der Regierung durchsetzen zu können, dann kann dieser Traum eines Kindes vor seinem Tod ein unerfüllbarer Wunsch sein.

So war es im Fall des kleinen Juan. Nur wenig hörte man über die genauen Umstände. Juan war seit langer Zeit krank. Er stammte aus einer armen Familie. Dank des Einsatzes eines Diplomaten bei einem Staatsbesuch des ausländischen Staatsoberhauptes hatte dieser einen höheren Geldbetrag für humanitäre Einrichtungen versprochen mit der Maßgabe, daß auch einige arme Bürger davon profitieren sollten. Aufgrund der Fürsprache eines Arztes war Juan dann vom ländlichen Hospital ins internationale Krankenhaus verlegt worden. Die Presse hatte über den Fall berichtet. Die gesamte Familie war vor den Fernsehkameras befragt worden. Alle waren über Nacht zu kleinen Berühmtheiten geworden. Die Eltern und die Öffentlichkeit hofften, daß Juan jetzt durch die gute ärztliche Betreuung wieder gesund werden würde. Alle waren glücklich, hoffnungsfroh schauten sie in die Zukunft. Dann geschah es. Der Vater war wie jeden Tag auf dem Weg zu seinem Arbeitsplatz in einer kleinen Fabrik in der Vorstadt gewesen, als ein Auto mit quietschenden Reifen neben ihm hielt, sich die Türen öffneten und die Insassen, schwer bewaffnete Männer, ihn in das Innere zogen. Der Sinn dieses zunächst unerklärlichen Vorgangs wurde am nächsten Tag deutlich, als zwei Briefe eingingen. Einer ging der Familie zu, der andere war an die Betriebsleitung des Unternehmens gerichtet, in der der Vater arbeitete. Außerdem gab es, wie man aus den Nachrichten im Radio entnehmen konnte, einen Brief, der an die Regierung gerichtet war. Bei allen Briefen war der Inhalt gleich. Im Austausch gegen den Vater forderten sie die Entlassung eines inhaftierten Rebellenführers. Inzwischen hatten verschiedene Verhandlungen mit Vertretern der Regierung stattgefunden, die jedoch nicht zum Erfolg geführt hatten. Auch nach jetzt mehr als acht Monaten war ein Ende der Gefangenschaft des Vaters nicht abzusehen. Vermittlungsversuche ausländischer Diplomaten waren ebenso erfolglos gewesen wie Lösegeldangebote von einflußreichen Geschäftsleuten. Juan ging es anfangs im internationalem Krankenhaus besser, inzwischen hatte sich der Zustand wieder verschlechtert und die Ärzte gaben ihm keine große Chancen für eine Heilung. Es war wohl nur eine Frage der Zeit, wann der Junge sterben würde. Man fragte ihn deshalb oft, ob er einen besonderen Wunsch habe. Dann sagte er traurig: „Mein einziger Traum in diesem Leben ist, ich möchte Papi noch einmal sehen." Nachdem dieser Wunsch in der Öffentlichkeit, d. h. in den Medien bekannt wurde, verstärkten Politiker, Künstler, Wissenschaftlern und bekannte Persönlichkeiten weiter ihr Engagement, um zu einer Lösung zu gelangen und den Vater des kleinen Juan frei zu bekommen. Aber immer, wenn in Briefen und bei Verhandlungen auf den kranken Juan und seinen Traum hingewiesen wurde, wurde entgegnet, auch der politische Häftling sei krank. Aus politischen Gründen sah sich die Regierung nicht zur Freilassung des Häftlings in der Lage, der im übrigen vor seiner Inhaftierung mehrere Menschen umgebracht hatte. Und so kam es dazu, daß der letzte, größte Wunsch des kleinen Juan, sein kleiner Traum, ein Traum, der auf der ganzen Welt leicht zu erfüllen gewesen wäre, nicht erfüllt wurde. Die Rebellen lehnten nach wie vor die Freilassung des Vaters ab, alle Appelle waren erfolglos geblieben. Juan starb still, seine Mutter tröstete ihn: „Dein Vater denkt sicher immer an Dich."

Die Organtransplantation

Die ganze Zeit hatte sie vor sich hingeblickt und sich nach dem „Warum" gefragt. Was hatte sie falsch gemacht? Hatte es so kommen müssen? Unter den vielen Schläuchen und Apparaturen vor sich unter dem weißen Federbett lag ihr einziges Kind. Es war gerade 26 Jahr alt geworden und nach dem Tod ihres Mannes vor vier Jahren ihr einziger Lichtblick gewesen. Ihr Sohn lag völlig ruhig, angeschlossen an zahlreichen Schläuchen und Apparaten im Bett. Wenn sie nicht das Auf und Ab des Brustkorbs gesehen hätte, den leisen Atem gehört hätte, dann hätte sie gedacht, ihr Sohn sei tot. Sie hatte bis vor einer halben Stunde die Hoffnung gehabt, ihr Sohn werde nach seinem mißlungenem Selbstmordversuch wiederhergestellt. Aber der behandelnde Arzt hatte ihr jegliche Hoffnung genommen. Er hatte ihr nüchtern mitgeteilt, ihr Sohn sei hirntot und werde niemals wieder gesund werden. Dann, bevor sie überhaupt richtig das Schreckliche dieser Nachricht verarbeitet hatte, fragte er sie, ob sie einer Organtransplantation zustimme. Sie war zu keiner Überlegung fähig und bat ihn um Bedenkzeit. Der Arzt drängte sie aber mit den Worten: "Sie müssen sich schon jetzt entscheiden. Denken Sie einmal darüber nach, daß Sie bzw. Ihr verstorbener Sohn einem anderen hilfsbedürftigem Menschen helfen können!" Die Worte rauschten an ihr vorbei, sie hatte nur den Eindruck, daß ihm an einer schnellen Entscheidung gelegen war. Immer wieder drangen Wort- und Satzfetzen an ihr Ohr „Hirntod", „keine Heilungsmöglichkeit", „Hilfe für andere Menschen". Es kam ihm vor, als sei dem Arzt persönlich wichtig, daß sie zustimmte und zwar sofort. Sie fühlte sich unter Druck gesetzt, hatte niemanden, mit dem sie sich beraten könnte und war noch immer geschockt, daß sie ihren Sohn für immer verlieren würde. Er korrigierte ihre laut ausgesprochenen Gedanken: „Sie werden nicht ihren Sohn verlieren, er ist schon tot. Die Apparaturen halten nur die Körperfunktionen aufrecht. Nachdem er minutenlang auf sie eingeredet hatte, es schien ihr endlos zu sein, gab sie endlich ihre Zustimmung zur Organtransplantation. Sie hatte kaum ausgeredet, da verschwand der Arzt. Und dann ging alles ganz schnell. Während sie noch bei ihrem Sohn im Krankenzimmer blieb, ging die Tür auf, eine Schar von Weißkitteln, Ärzte, Pfleger und Schwestern betrat den Raum, beachtete sie nicht weiter, klemmte die Schläuche und Kanülen beim Patienten ab und stellte die Instrumente für die künstliche Beatmung ab. Ihr Sohn hörte auf zu atmen. Jetzt war er wirklich tot. Sie hatte den unwirklichen Eindruck, als wenn es hier nicht um einen noch lebenden Menschen, sondern um eine Maschine ginge. Auf ihren Zustand nahm niemand Rücksicht. Man ignorierte sie einfach, sie störte offensichtlich. Der leblose Körper ihres Sohnes wurde herausgefahren. Sie stand verloren auf dem Flur und wußte nicht, was sie tun sollte. Keiner konnte ihr weiterhelfen. Sie rief ihren Hausarzt an, der sich sehr verständig zeigte und ihr empfahl, ein Beerdigungsinstitut zu benachrichtigen. Dieses würde die Einzelheiten regeln. Nach dem Anruf war sie ruhiger, ganz war sie es aber erst, als sie beim Telefonat mit dem Beerdigungsunternehmen erfuhr, es würde die gesamte

Abwicklung übernehmen. Ein Angestellter würde heute Abend gegen 18 Uhr bei ihr vorbeikommen, dann könnte man die Einzelheiten vom Sarg bis zur Beerdigung selbst, den Termin und die gesamte Durchführung besprechen. Es würde nach Absprache mit ihr auch die Anzeigen in der Tageszeitung organisieren. Besonders angetan war sie, als sie gefragt wurde, ob sie ihren Sohn noch einmal sehen wolle, bevor er in den Sarg gelegt würde. Am Abend hatte sie alle Formalitäten mit dem Angestellten des Unternehmens geregelt. Am nächsten Nachmittag sollte sie ihren Sohn noch einmal sehen können. Sie war dankbar, daß ihr das noch ermöglicht wurde. Auch mit dem Pfarrer hatte sich schon gesprochen und ihm die wichtigsten Angaben gemacht. Der Termin für die Beerdigung stand fest. Übermorgen um 10.15 Uhr sollte die Beerdigung sein. Da sie keine Freunde benachrichtigen würde, mußte auch später keine Feier im Gasthaus stattfinden. Aufgeregt ging sie am nächsten Tag zum Beerdigungsinstitut. Die Konfrontation mit ihrem toten Sohn war zuviel für sie. Sie bekam einen Schwächeanfall und man hatte sie auf Anraten des Hausarztes, der sie behandelt hatte, nach Hause gebracht. Es war aber auch zu schrecklich gewesen. Nicht daß sie nicht vorbereitet gewesen wäre, ihren toten Sohn aufgebahrt zu sehen, aber sein Zustand war furchtbar. Man hatte ihn mit einem Längsschnitte vom Brustkorb bis zum Unterleib aufgeschnitten und dann offensichtlich alle verfügbaren Organe entfernt. Danach hatte man sich nicht einmal die Mühe gemacht, ihn wieder zuzumachen. So sah es aus, als hätte man ein Tier geschlachtet und ausgenommen. Der Körper war nicht gewaschen, sondern blutverschmiert. Es war auch für nicht so empfindliche Menschen eine Horrorvision. Jetzt, nachdem sie einigermaßen wieder zu Kräften gekommen war, überwog die Wut den Ekel. So konnte man mit einem Organspender nicht umgehen. Die psychische Belastung für die Angehörigen war unerträglich und wurde schlicht ignoriert. Sie waren nur wichtig, um die Organentnahme zu genehmigen, dann waren sie überflüssig. Und aus Pietätsgründen mußte man auch das letzte Bild des Toten für den Angehörigen berücksichtigen. Hätte sie gewußt, wie der Ablauf der Organentnahme geschah, wie wenig empfindsam mit ihrem Sohn und ihr umgegangen wurde, hätte sie einer Organspende nie zugestimmt. Jetzt konnte sie es nicht mehr rückgängig machen. Je mehr sie darüber nachdachte, desto mehr trat der Tod des Sohnes in den Hintergrund. Vielmehr erregte es ihren Zorn, daß ihr Sohn nur als menschliches Ersatzteillager benutzt worden war, das nach seiner Ausschlachtung entsorgt wurde. Es war erstaunlich, daß es nicht einmal eine psychologische Betreuung für die Hinterbliebenen gab. Auch fand vor der Entscheidung über die Organspende keine ausführliche Beratung statt, sondern man verlangte vielmehr eine sofortiger Entscheidung. Warum man es nicht einmal für nötig hielt, den Toten nach der Organspende wieder ansehnlich herzurichten? Sie war fassungslos und würde versuchen, gleichgesinnte Hinterbliebene zu gewinnen. Und dann müßte man diese Mißstände abstellen. Sie hatte eine Aufgabe, das gab ihr Trost und Sicherheit für die Zukunft!

Die Lüge

Sein Leben war immer von klaren Grundsätzen geprägt gewesen. Dazu gehörten als Grundpfeiler Pünktlichkeit, Ordnung und Wahrheitsliebe. Davon hatte er sich in den 73 Jahren seines Lebens auch nicht abhalten lassen. Er war stets pünktlich im Büro gewesen, hatte sich bei keiner Verabredung verspätet. Seinen Arbeitsplatz hatte er immer in Ordnung gehalten, die Akten waren peinlich genau geführt. Es gab keine Eselsohren, die Folierung stimmte. Seine Kleidung war vom Hemd über den Schlips und den Anzug bis zu den glänzenden Schuhen vorbildlich. Er hätte jederzeit zu jedem Empfang gehen können, ohne sich vorher umziehen zu müssen. Ebenso stand es mit der Wahrheitspflicht. Fragen hatte er stets korrekt und wahrheitsgemäß beantwortet. Es gab keine Ausflüchte. Der Begriff „Diplomatie" gehörte zu den Fremdworten, die nicht nur nicht zu seinem Wortschatz gehörten, er hielt diese Art von Verhalten und menschlichen Umgang auch für höchst überflüssig. So gab er auch auf unangenehme Fragen immer wahrheitsgemäß Antwort, auch wenn er sich dabei, wie man sich leicht vorstellen kann, nicht viele Freunde machte. Die wenigen Freunde, die er und seine Frau anfangs gehabt hatten, wandten sich hauptsächlich deshalb ab, weil er ihnen ihre Schwächen vorhielt, Unwahrheiten aufdeckte und zu Schmeicheleien um der Wahrheit willen niemals bereit war. Zuerst hatten die Bekannten diese, seine unbedingte Wahrheitsliebe mit Toleranz und Nachsicht behandelt, später aber waren sie ihren Einladungen nicht mehr gefolgt. Sie waren angeblich schon woanders eingeladen, waren krank oder hatten eine andere Ausrede. Er wußte, daß alle diese Entschuldigungen nur Ausflüchte waren, weil diese Leute seine ehrliche Art nicht vertragen konnten. Sie waren selbstverständlich auch nicht mehr eingeladen worden. Seine Frau hatte das anfangs sehr bedauert, sich allerdings später damit abgefunden. Sie waren im Laufe der Zeit einsam geworden. Während er bis zum Ausscheiden aus dem Beruf noch seine Arbeitskollegen an den Arbeitstagen sah, war auch dieser Kontakt nach seiner Pensionierung beendet. Jetzt lebten sie für sich allein, nur beim Einkaufen kamen sie mit anderen Menschen zusammen. Mit den Familienmitgliedern und Verwandten hatte er keine Verbindung, er hatte ihnen schon frühzeitig gesagt, was er von ihnen hielt. Die Nachbarn machten einen Bogen um sie beide. Mit seiner Frau sprachen sie schon einmal. Ihn mieden sie spätestens, seit er die Nachbarn, die sich zum zweiten Mal in einem halben Jahr seinen Rechen für den Rasen geliehen hatten, gefragt hatte, warum sie sich nicht selbst Gartengeräte kaufen würden statt sie von anderen auszuleihen. Wenn sie sich keinen Garten leisten könnten, hätten sie sich keinen anschaffen dürfen.

Jetzt war über Nacht eine Situation eingetreten, mit der er noch nie konfrontiert war. Seine Frau lag im Krankenhaus nach einem Schlaganfall. Ihre Lage sah vom ärztlichem Standpunkt aus alles andere als stabil aus. Der behandelnde Arzt hat ihm wenig Hoffnungen gemacht, daß sie völlig wiederhergestellt werden würde. Eines hatte er ihm jedenfalls klargemacht, jede Aufregung mußte man von ihr fernhalten. Dazu gehöre auch, daß man ihr nicht die Wahrheit über ihren Zustand sagen dürfe. Es war besonders wichtig, sie aufzurichten. „Tun Sie alles, was sie aufmuntern kann!", hatte er ihm aufgetragen. Jetzt schlug für ihn die Stunde der Entscheidung. Was sollte er tun? Konnte er ihr die Wahrheit verheimlichen? Durfte er es? Was aber, wenn er ihr doch die Wahrheit sagte und sie starb? Konnte er das verantworten? Er zweifelte keinen Augenblick daran, daß der Arzt ihm die Wahrheit über ihren Gesundheitszustand gesagt hatte? Er setzte sich auf die Bank, die im Flur vor dem Krankenzimmer seiner Frau stand. Würde diese Lüge nicht sein Leben und das seiner Frau grundlegend ändern? Stellte eine Lüge nicht den Sinn ihres gemeinsamen Lebens völlig in Frage? Würde seine Frau ihm überhaupt glauben, wenn er sie belügen würde? Er hatte keinerlei Übung, die Wahrheit zu verdrehen. Sie würde eine Verstellung, eine Täuschung sofort durchschauen. Was würde passieren, wenn sie die Täuschung durchschaute? Würde er ihr nicht noch mehr schaden? Könnte er damit leben, wenn er an ihrem Tod schuld sein würde, dem einzigen Menschen, den er je geliebt hatte, der einzigen, die ihm noch geblieben war? Aber wenn er sich wirklich zu dem Täuschungsmanöver hinreißen ließ, mußte es perfekt sein. Das einzige, was für ihn sprach, war ihr Vertrauen in ihn. Sie hatte ihn niemals bei einer Lüge ertappt, im Gegenteil sie wußte definitiv, daß er nie gelogen hatte und niemals lügen wollte. Das konnte ihm helfen. Er durfte ihr nur nicht ins Gesicht sehen, dann war er verloren. Er brauchte noch einige Zeit zur Vorbereitung. Es mußte genau geplant sein, es mußte alles klappen. Nach einiger Zeit entschloß er sich, zu ihr zu gehen.

Er klopfte leise an und betrat dann das Zimmer. Sie lag im Bett, der Kopf lag etwas höher. An Armen und Beinen war sie mit Schläuchen verbunden, die zu verschiedenen Flaschen führten. Sie atmete ruhig. Er ging zu ihr und sprach sie leise an. Sie öffnete etwas die Augen und drehte den Kopf zu ihm. Erwartungsvoll flüsterte sie leise zu ihm: „Was sagt der Arzt, geht es mit mir zu Ende?" Er bemühte sich, nicht zu zögern, um sie nicht mißtrauisch zu machen. „Wenn der Arzt recht hat, dann müßtest Du, falls keine Komplikationen dazwischenkommen, in zehn Tagen nach Hause kommen. Aber danach brauchst Du noch mindestens zwei Wochen Schonung." Etwas skeptisch schlug sie die Augen vollständig auf.
„Du sagst mir doch die Wahrheit?" Bevor er etwas sagen konnte, gab sie selbst die Antwort: „ Nein, Du kannst nicht lügen!" Beruhigt sank sie nach hinten. Er brauchte gar nicht mehr viel zu sagen. Kurze Zeit später verabschiedete er sich, weil er sie nicht zu sehr belasten wollte. Er würde morgen wiederkommen. Am nächsten Tag war er wieder bei ihr, erzählte ihr von seinem Tagesablauf, fragte beiläufig nach ihrem Befinden und so ging es auch an den nächsten zwei Tagen. Sie wollte auch nichts von ärztlichen Diagnosen wissen. Es reichte ihr, daß er sie nach dem Essen fragte, ihr von Fernsehsendungen berichtete, die Alltäglichkeiten näherbrachte. Der Oberarzt, den er kurz sprach, war über die Besserung des Gesundheitszustandes seiner Frau erstaunt. Er lobte ihn und sagte, „Sie haben gute Arbeit geleistet. Ohne Sie stünden die Chancen nicht so gut. Wenn das so weitergeht, können wir

ihre Frau vielleicht in einer Woche entlassen. Dann müssen Sie sich aber um sie kümmern und ihr die Aufregung vom Hals halten!" Er konnte die Freude über die Worte des Arztes kaum verbergen. Hatte seine Lüge Erfolg gehabt? Er beschloß, darüber erst nachzudenken, wenn seine Frau wieder gesund sein würde. Der Gesundheitszustand seiner Frau besserte sich von Tag zu Tag. Nach einer Woche wurde sie tatsächlich entlassen. Er holte sie ab und richtete ihr im Wohnzimmer das Bett auf der Couch ein. Die nächsten Tage versorgte er sie wie ein kleines Kind. Er kochte Tee und kleine Fertiggerichte. Er kaufte sogar selbständig ein. Er fand einige Sachen nicht im Regal und fragte freundlich eine wenig attraktive Verkäuferin. Er war von sich selbst überrascht. So nett war er noch nie gewesen. Änderte er sich langsam? Hatte er schon damit begonnen? Die kleinen Lügen gegenüber der Verkäuferin hatten keine negativen Auswirkungen gehabt, im Gegenteil die Verkäuferin hatte ihn nach einem Kompliment besonders zuvorkommend behandelt. Heute hatte rein zufällig eine Cousine seiner Frau angerufen. Er war anders als früher höflich zu ihr gewesen. Und in den nächsten Tagen änderte sich dann so ziemlich alles für ihn. Er nahm mit seinem alten Freunden Kontakt auf, entschuldigte sich für sein früheres Verhalten. Jeder stellte fest, daß er ein völlig neuer Mensch geworden sei. Am glücklichsten war seine Frau, sie lebte richtig auf. Als sie wieder gesund war und nach seinem Gesinnungswandel, seinem veränderten Verhalten fragte, hatte er ihr von seiner ersten Lüge erzählt. Auf ihre Frage, ob er jetzt nur noch lügen werde, sagte er lachend: „Nein, die Wahrheit geht mir immer noch vor. Ich kann sie aber nicht jedem zumuten. Nicht alle können sie vertragen!"

Es gibt immer Trost

Es gibt immer Trost, waren seine Worte gewesen. Vielen hatte er damit geholfen, andere fanden diese Worte oberflächlich, weil man leicht von etwas sprechen konnte, so sagten sie, wenn man selbst nicht in einer verzweifelten Lage ist. Es ist nicht meine Aufgabe, ihn für diese Worte zu kritisieren, ich habe mir auch nicht überlegt, ob er recht hat. Jedenfalls wurden seine Worte jetzt auf die Probe gestellt. Er war selbst mit einer Situation konfrontiert, wo man in seiner Trauer Trost benötigt von anderen Menschen. Als er gestern nach Hause gekommen war, hatte ihm seine Frau mitgeteilt, sie sei beim Arzt gewesen, schon vor drei Wochen. Gestern habe er die Ergebnisse erhalten. Danach habe sie Brustkrebs, man habe auch bereits Metastasen festgestellt. Auf ihre Frage habe der Arzt geantwortet, schmerzfrei sei sie wohl noch eine kurze Zeit. Zu leben habe sie vielleicht noch drei Monate. Sie hatte ihm diese Worte vor die Füße geworfen, als er gerade anfing, sich über seine Kopfschmerzen zu beklagen, die er heute hatte.

Es hatte ihn völlig niedergeschmettert. Er hatte gefragt, ob es keinen Zweifel gäbe. Sie solle sich besser noch von einem anderen Arzt untersuchen lassen. Man müsse doch etwas tun können, es gäbe doch heute schon Möglichkeiten. „Wie ist es mit Bestrahlung, Chemotherapie, Operation?", fragte er seine Frau. Alles das habe sie schon mit dem Arzt besprochen. Sie solle übermorgen in die Universitätsklinik kommen, der Arzt habe für sie schon einen Termin vereinbart. Nach den eingehenden zusätzlichen Untersuchungen werde man dann entscheiden, was man machen könne, um die Lebenszeit zu verlängern. Er war noch immer geschockt, als sie erklärte, eine Chemotherapie mache sie nicht mit, sie wolle zu Hause und würdig sterben. „Vorher aber", sagte sie, „will ich mit Dir noch einmal eine Reise, unsere letzte gemeinsame Reise, machen. Sie soll uns den Abschied und die Erinnerung schön machen". Mit Tränen in den Augen stimmte er zu, er wollte sich mit einigen Ärzten aus seiner Umgebung in Verbindung setzen, um eventuelle andere Möglichkeiten der Hilfe auszuloten. Nachts im Bett lag er wach und grübelte. Er überlegte hin und her, was man machen könne. Vielleicht kam bei den Untersuchungen im Krankenhaus etwas Positives heraus. Möglicherweise konnte man durch die Chemotherapie..., aber das hatte sie ja ausgeschlossen. Aber zunächst mußte er sich für übermorgen freinehmen, damit er sie ins Krankenhaus begleiten konnte. Die Untersuchungen bestätigten leider die vorliegenden Ergebnisse und der Chefarzt ließ keinen Zweifel daran, daß eine Heilung unmöglich sei. „Eine Operation bringt im Endergebnis keinen Vorteil, sie schafft auch keine Zeit, abgesehen von den Gefahren einer Operation. Eine Bestrahlung in Verbindung mit Chemotherapie scheint mir das Geeignetste zu sein. Wir könnten morgen damit beginnen. Ich halte es aber für wichtig, daß sie im Krankenhaus bleiben, damit wir ihren Zustand ständig überwachen können. Die Tabletten und die Bestrahlung gehen ziemlich auf Herz und Kreislauf." Sie schaute zu ihrem Mann und sagte dann ganz ruhig: „Herr Professor, ich habe meinem Mann schon gesagt, daß eine solche

Behandlung nicht in Betracht kommt. Ich will zu Hause oder auf Reisen sterben, aber nicht entstellt im Krankenhaus. Ich bitte Sie nur um ein Rezept für die Schmerztabletten, die es mir ermöglichen, es einigermaßen auszuhalten, wenn die Schmerzen kommen." Der Arzt verbeugte sich vor ihr und sagte gefaßt und etwas traurig: "Ich kann Sie verstehen, gnädige Frau, und will Sie deswegen auch nicht versuchen, umzustimmen." Damit setzte er sich an seinen Schreibtisch und schrieb insgesamt drei Rezepte aus. „Die Dosis reicht für die nächsten vier Monate, nehmen Sie bei Bedarf jeweils zunächst ½ , später können Sie die Dosis bis zu jeweils 2 Tabletten alle vier Stunden steigern. Mehr als vier Tabletten auf einmal hält Ihr Herz nicht aus!" Bei den letzten Worten hatte er ihren Mann angesehen. Zwei Tage später standen die beiden Eheleute am Flughafen. Er hatte sich drei Monate Urlaub genommen, seinen Jahresurlaub von sechs Wochen und zusätzlich unbezahlten Urlaub, dem ihm sein Chef nach einer langen Unterredung genehmigt hatte.

Jetzt lagen die beiden an einem weißen Strand in Südostasien und schauten schon den fünften Tag in die Sonne. Sie waren zuerst in Bangkok und Hongkong gewesen, hatten sich dann Singapur angesehen und waren dann in die Inselwelt Indonesiens abgetaucht. Bis jetzt war es die schönste Zeit ihres gemeinsamen Lebens gewesen. Flitterwochen hatte sie nach der Hochzeit nicht gehabt, weil ihr erstes Kind schon unterwegs waren. Später waren sie meist damit beschäftigt gewesen, den kleinen Gemüseladen erst aufzubauen und dann aufrechtzuerhalten. Sie hatte meist im Laden bedient, hatte sich um die Erziehung der beiden Kinder und die Schule gekümmert. Nun waren die Kinder schon lange aus dem Haus. Alex lebte in den USA, ihn sahen sie nur alle zwei Jahre, Mark hatte eine gute Stellung in London. Jetzt hatten sie zum ersten Mal Zeit für sich und für einander. Zwar bestand ihr Laden schon seit zehn Jahren nicht mehr, aber er hatte eine Stellung als Angestellter in einer Textilfirma angenommen und fühlte sich dort ganz wohl. Sie war zu Hause und versorgte ihn. Aber richtig Zeit hatten sie nicht gehabt. Jetzt waren sie hier in einem fremden Land unter fremden Leuten aber glücklich mit ein wenig Angst vor dem Ungewissen. Bis zu diesem Moment hatte sich die Krankheit noch nicht bemerkbar gemacht. Jeder Tag, jede Stunde war ein Gewinn für sie und für sie beide. Er beugte sich zu ihr und küßte sie. Nach dem Essen gingen sie am Strand eine halbe Stunde spazieren, dann fühlte sie sich müde und abgeschlagen und sie legten sich hin.

Gegen fünf Uhr wachte er durch ein Geräusch auf. Es kam aus dem Badezimmer. Er schreckte auf, orientierte sich und stellte fest, daß seine Frau im Badezimmer war und sich übergeben mußte. Es hörte sich gräßlich an, man hatte den Eindruck, als würde sie sich die Seele aus dem Leib husten. Danach war sie völlig fertig. Sie konnte nicht zum Abendbrot gehen. Auch die Suppe, die er aufs Zimmer kommen ließ, hatte sie nicht bei sich behalten. Beim Husten hatte er bemerkt, daß der Schleim, den sie mit dem Essen erbrach, blutrot war. Er war erschrocken, zeigte es ihr aber nicht. Beiläufig fragte er sie, ob sie so einen Anfall schon einmal gehabt habe, und war ganz erstaunt, um nicht zu sagen, erschüttert, als sie matt antwortete: „Ja, sicher. Das habe ich seit mehr als einem Monat." „Und warum habe ich davon nichts mitbekommen?" „Meist warst Du gar nicht da und nachts, wenn ein Anfall kam, schliefst Du. Du weißt doch, unsere getrennten Schlafzimmer." Er machte sich Vorwürfe, daß er in der Vergangenheit so unaufmerksam, so wenig einfühlsam gewesen war. Er hatte in der letzten Zeit nur bemerkt, daß sie morgens häufig kaputt und zerschlagen aussah. Er hatte das mit den Wechseljahren, dem Wetter in Verbindung gebracht. Am nächsten Tag ging es ihr wieder besser, aber es hielt nur bis zum Abend, dann ging es wieder los. Es zerriß ihn fast. Als der Anfall vorbei war und er sie ins Bett gebracht hatte, sah sie müde und bleich aus. Sie hielt sich den Bauch und stöhnte. Offensichtlich hatte sie starke Schmerzen. Dann in den nächsten Tagen wurde es zunehmend schlechter. Sie bekam neben den Brechanfällen Schmerzanfälle. Sie kamen schubweise und klangen nach Einnahme einer ½ Tablette nach zwanzig Minuten wieder ab. Zunächst kamen die Schmerzen nur zweimal am Tag, dann wurden sie häufiger und die Intervalle wurden kleiner. Er mußte ihr stärkere Dosen geben. Er wollte sie schon selbst fragen, wagte es aber nicht, bis sie selbst davon anfing: „Kurt, es wird nicht mehr lange dauern, ich möchte bitte zu Hause sterben. Bringe mich heim." Insgeheim hatte er schon mit einem Arzt gesprochen, wie es mit dem Flug sein würde. Dieser hatte ihm geraten, die Krankheit seiner Frau nicht der Fluggesellschaft mitzuteilen, sonst würde diese möglicherweise den Transport verweigern. Das Beste wäre, er würde ein Flugticket erster Klasse kaufen, dann könnte sie den größten Teil der Reise liegen. Ohne größere Komplikationen kamen sie in Deutschland an. Der englische Arzt hatte ihr vor Antritt der Reise eine Spritze gegeben. Jetzt lag sie im Schlafzimmer im Bett und schlief. Diese Zeit, die letzten Tage des qualvollen Endes und ihr letzter Augenblick waren nunmehr zwei Wochen vorbei. Den letzten Moment würde er niemals vergessen. Sie hatte vom Arzt eine große Dosis Morphium bekommen, war im Augenblick schmerzfrei und schaute ihn glücklich an. „Du mußt wissen", sagte sie leise, „daß ich mit Dir sehr glücklich war, von unserem Kennenlernen bis zu unserem letzten Urlaub. Wir haben viel gearbeitet in unserem Leben, aber alles gemeinsam durchgestanden. Ich danke Dir." Damit war sie eingeschlafen. Zur Beerdigung waren die beiden Söhne gekommen. Alex hatte seine Braut mitgebracht. Bei der Feier im Familienkreis erzählten sie ihm, daß sie bald heiraten würden und sie in vier Monaten ein Kind bekommen würden. Außerdem würde er in zwei Monaten die Filiale seines Unternehmens in Hannover übernehmen. Man würde sich also zunächst bei der Hochzeit und dann später öfter sehen. Schade sagte er in die Stille, daß Christine das nicht mehr miterleben konnte. Trotz der Trauer um seine Frau begann er, auf die Zukunft zu hoffen. Nun wußte er: Es gibt immer Trost!

Woher kommst Du, wohin gehst Du?

Woher kommst Du, wohin gehst Du? Diese zentrale Frage hatte ihn schon in der Kindheit, als er gerade fünf Jahre alt war, das erste Mal beschäftigt. Seine Oma hatte krank in ihrem Zimmer gelegen und war nach langer Leidenszeit endlich gestorben „Wohin geht Oma jetzt?", war seine Frage gewesen. Eine eindeutige Anwort hatten sie ihm nicht gegeben. Einerseits hatten sie ihm erklärt, daß es nicht so sei, wie bei Max, dem Goldhamster, den er zusammen mit seiner Mutter vor zwei Monaten im Garten beerdigt hatte. Andererseits aber hatten sie ihm gesagt, daß er sie niemals wiedersehen würde. Das hatte ihn sehr traurig gemacht und so konnte er auch nicht verstehen, daß man, nachdem man in der Kirche gewesen war und der Pfarrer und auch noch andere Leute viel Gutes über Oma gesagt hatten, nachher in der Gastwirtschaft „Zum Goldenen Horn" feiern mußte. Der Pfarrer und viele Leute waren da gewesen. Er hatte seinen neuen Anzug angezogen. Alle waren sehr lustig gewesen. Es wurde gelacht und vor allem viel gegessen und getrunken. Auch die Mutter und der Vater waren lustig und hatten ihn auch aufgefordert, fröhlich zu sein. Er hatte nicht gewußt, weshalb er froh sein sollte. Es hatte ihm auch niemand gesagt. Die Nachbarin hatte ihn einmal gefragt, ob er sich nicht freue, daß die Oma jetzt im Himmel sei. Er hatte keine Antwort darauf gewußt und gefragt, warum das schön sei. Dabei hatte er gedacht, daß es traurig sei, wenn er von der Großmutter keine Schokolade mehr bekommen würde und sie ihm vor dem Schlafengehen nicht mehr vorlesen würde. Die Nachbarin hatte ihm erklärt, im Himmel sei es schön, die Großmutter habe keine Schmerzen mehr, sei ganz jung und schön und würde auch Opa wiedersehen. Den hatte er nicht gekannt, er war schon vor langer Zeit gestorben. Wenn es dort wirklich so schön war, ging es ihm damals durch den Kopf, er konnte sich noch genau daran erinnern, warum wollten dann nicht alle Leute ganz schnell in den Himmel? Eine richtige Antwort hatte er nicht bekommen, man hatte nur gesagt, das verstünde er noch nicht. Wenn er groß wäre, würde er es sicher verstehen. Er war groß geworden, aber eine Antwort hatte er bis jetzt noch nicht erhalten. Er hatte über Berufsausbildung, Beruf, Familie, Alltagssorgen diese Fragen nach dem „Woher?" und "Wohin?" aus den Augen verloren. Jetzt und hier wurden sie ihm wieder deutlich. Sie bewegten ihn. Je mehr er sich damit beschäftigte, desto wichtiger, desto zentraler schienen sie ihm. Wahrscheinlich waren es die wichtigsten Fragen überhaupt! Heute hatten sie eine Bedeutung, weil er wohl bald eine Antwort erhalten würde. An dem „Woher?" und dem „Wohin?" hing der Sinn des Lebens, jeder Existenz. Jetzt, wo das Leben für ihn nur noch nach Tagen und Stunden bemessen war, stand diese Frage wieder im Mittelpunkt seiner Überlegungen. Waren er und die gesamte Menschheit nur ein Produkt der Evolution? Unterschied er sich vom Affen nur durch die eingetretene Entwicklung des Verstandes? Gab es eine außerirdische Instanz, auf die alles zurückging, auf das alles hinlief, die alles in sich zog? Die Frage nach Gott hatte nur bei einigen Schicksalsschlägen eine Rolle gespielt, meist bei Beerdigungen von nahen Angehörigen. Aber sehr schnell waren kurze Überlegungen wieder in den

Hintergrund getreten. Jetzt hatte ihn eine gewisse Ungewißheit unsicher gemacht. Zwar hatte er keine direkte Angst, aber eine gewisse Beklommenheit kam auch über ihn. War alles zu Ende? Wenn nicht, was erwartete ihn? Während er zu Beginn seines Krankenhausaufenthalts nur alle zwei, drei Tage an den Tod dachte, kamen ihm in der Folgezeit immer häufiger Gedanken zu der Frage: „War mit dem Tod alles beendet? Gab es ein Leben nach dem Tode?" Bei einem Spaziergang auf dem Flur kam er in der Nähe seines Krankenzimmers mit einem 90jährigen Mann ins Gespräch. Er sollte in den nächsten Tagen entlassen werden, weil, wie er erzählte, die Ärzte nichts mehr machen konnten und er in den nächsten drei Monaten sterben würde. Er machte einen ruhigen, gelassenen Eindruck. Das ließ ihn neugierig werden, warum dieser alte Mann angesichts des bevorstehenden Todes nicht ängstlich war, warum er keine Furcht vor dem Ungewissen hatte. Als er zwei Stunden später dem alten Mann wieder begegnete, beschloß er, ihn danach zu fragen. „Warum tragen Sie Ihr Schicksal so ruhig ohne Angst vor dem Tod?"

Die Antwort war eindeutig und überraschte ihn in ihrer Einfachheit: „Wenn Sie nicht an Gott glauben, dann ist der Tod das Ende, dann brauchen Sie sich nicht zu fürchten. Glauben Sie an einen liebenden Gott und ein Leben nach dem Tod, dann sind Sie nach dem Tode in Gottes Obhut gut aufgehoben. Weshalb haben Sie dann Angst?"

Der Unfall

Sie hatten sich alle einen schönen Abend machen wollen. Sie waren zu viert gewesen, d.h. zwei Paare im Alter zwischen 18 und 23 Jahren. Zusammen wollten sie in die benachbarte Kreisstadt fahren, um zunächst im Lokal zu essen und dann zusammen in die Disco zu gehen. Da man auch etwas trinken wollte, hatten sie die Autos zu Hause gelassen und waren mit dem Bus um 19.24 Uhr gefahren. Das Abendessen in der italienischen Pizzeria war phantastisch gewesen. Sie hatten zwei Flaschen Rotwein bestellt und waren in guter Stimmung gewesen. In der Disco wollten sie dann nur Cola trinken, weil die alkoholischen Getränke dort immer besonders teuer waren. Gegen 21 Uhr waren sie dann ausgelassen Richtung Disco gezogen. Der Rest des Abends lief ab wie immer in der Disco. Sie hatten getanzt, hatten sich, soweit das bei der lauten Musik ging, unterhalten bzw. ins Ohr geschrien und hatten sich gegen 1.45 Uhr gemeinsam an der frischen Luft vor dem Lokal getroffen. Sie überlegten, ob sie noch länger bleiben wollte. Da Elke und May aber müde waren, beschlossen sie, ein Taxi zu nehmen und nach Hause zu fahren. Es hatte ziemlich lange gedauert, bis endlich ein Wagen da war. Georg hatte mindestens fünfmal angerufen, bis sich endlich etwas getan hatte. Sie stiegen ein, Hans vorne, er sollte den Weg zeigen und die Bezahlung übernehmen, die anderen hatten sich nach hinten gesetzt.

Schon nach wenigen hundert Metern waren ihnen allen Bedenken gekommen, ob sie in diesem Taxi gut aufgehoben waren. Der Fahrer, ein etwa 28jähriger Mann fuhr, als wäre die Polizei hinter ihm her. Er schnitt die Kurven schon in der Stadt, überschritt extrem die Geschwindigkeitsbegrenzung und schien Gefallen daran zu finden, wenn der Wagen mit quietschenden Reifen durch die Kurve schlingerte. Als sie aus der Stadt heraus waren und durch die Felder, Alleen und die dunklen Dörfer fuhren, drehte er erst richtig auf. Hans bat ihn, er solle doch langsamer fahren. Der Fahrer aber erwiderte, er solle ihn in Ruhe lassen, er wisse, was er tue. Wenn es ihm nicht passe, könne er ja aussteigen. Weiter hatte er keine Erinnerung. Das war das Einzige, was er, nachdem er wieder vernehmungsfähig war, den ermittelnden Polizeibeamten sagen konnte. Der Unfall war inzwischen schon mehr als drei Wochen her. Er hatte schwerverletzt drei Wochen im Koma gelegen. Nach dem Polizeibericht war in der Nacht gegen 2 Uhr auf der Landstraße ein schwerer Unfall gemeldet worden. Ein Taxi war offensichtlich mit überhöhter Geschwindigkeit aus einer Kurve geschleudert worden und gegen einen Alleebaum gefahren. Von den Insassen waren die zwei Insassen auf den Rücksitzen sofort tot, der junge Mann starb nach 16 Stunden im Krankenhaus. Der Beifahrer lag im Koma, vom Fahrer fehlte jede Spur. Die Polizei hatte die Ermittlungen aufgenommen und die völlig verstörten und verzweifelten, teilweise auch zornigen Eltern befragt. Diese wiederholten einheitlich nur immer, sie hätten darauf bestanden, daß ihre Kinder nie unter Alkohol Auto fahren sollten. Lieber sollten sie ein Taxi nehmen, wobei ihnen gerade das zum Verhängnis geworden sei.

Man merkte ihnen an, daß sie sich Vorwürfe machten. Obwohl sich die Beamten größte Mühe gaben, die Eltern zu beruhigen und ihnen versicherten, sie hätten das einzig Richtige getan, vermochten sie sie nicht umzustimmen. Bei der Person des Fahrers waren die Polizeibeamten nach Vernehmung des Taxiunternehmers inzwischen fündig geworden. Er hatte ihnen erklärt, er habe den Fahrer vor einer Woche eingestellt. Er habe einen zuverlässigen Eindruck gemacht, bisher habe sich niemand über ihn beschwert. Unter der Anschrift, die der Unternehmer ihnen mitgeteilt hatte, fand sich ein leerstehendes Abbruchhaus. Weder dort noch irgendwo anders war der junge Mann bekannt. Weder die Personalangaben noch die Kopie des Personalausweises, das der Taxiunternehmer den Beamten ausgehändigt hatte, führten zu verwertbaren Erkenntnissen. Die Überprüfung aller Daten ergab, daß ein Mann mit diesen Daten nicht bekannt war. Und auch ein Personalausweis mit dieser Nummer, diesem Ausstellungsort und Datum existierte nicht, der Name war dem Standesregister des Geburtsortes unbekannt. Es gab keinerlei Hinweise, die weiterführen konnten. Eine Woche später starb auch der letzte Überlebende des Unfalls völlig unerwartet. Die Ärzte waren schockiert, weil sie davon ausgegangen waren, daß er die Krise überwunden hatte und auf dem Wege der Besserung war. Sicherlich würden Schäden bleiben, darüber und über eventuelle später erforderliche Operationen würde man später reden müssen. Die Eltern, die an der Beerdigung der drei Freunde ihres Sohnes teilgenommen hatten und sich ständig wieder anhören mußten, sie hätten ihren Sohn ja noch, waren trotz Trauer und Mitgefühl doch erleichtert gewesen, daß ihr Sohn schwerverletzt überlebt hatte. Um so schlimmer traf sie die Nachricht, daß auch er nach langem Todeskampf nun gestorben sei.

Es konnte sie bei der Beerdigung auch nicht trösten, daß sich die Eltern der anderen drei Unfallopfer sich bei ihnen entschuldigten und sich rührend um sie kümmerten. Die einzige Frage, die sie sich immer wieder bei der Beerdigung und auch später stellten, war, wer der geheimnisvolle Fahrer der Taxe gewesen war, der ihnen ihre Kinder genommen hatte. Eine Antwort konnte ihnen kein Beamter und auch sonst niemand geben. Und so hatten sie das Schicksal an dem Wort des Priesters am Grabe festgemacht: Gott hat es gegeben, Gott hat es genommen.

Liebe ist stärker als der Tod

Die Erschütterung war groß gewesen. Sie mußte im Alter von 28 Jahren an die Dialyse. Die einzige Alternative war eine Spenderniere, wenn sie nicht Zeit ihres Lebens an dieses Blutreinigungsgerät angeschlossen bleiben wollte. Aber Spendernieren waren Mangelware. Die Warteliste war riesengroß und sie war noch lange nicht an der Reihe. Dann mußten auch die Daten passen, die Verträglichkeit des fremden Organs gewährleistet sein. Es gab also viele Faktoren, die zu beachten waren. Jedes Mal, wenn sie zur Dialyse gefahren werden mußte, war sie zwei Tage und mehr völlig geschafft und konnte kaum sprechen. Die ganze Familie war an diesen 3 Tagen nervös und gereizt. Das ging jetzt schon 3 Monate so und jeder wußte, daß ein glückliches Ende niemals eintreten würde. Beate hatte in den letzten Wochen schon mehr als zehn Kilo abgenommen und sah jämmerlich aus. Keiner konnte sich vorstellen, wie es weitergehen sollte. Ihren Beruf als Heilpädagogin konnte sie nicht ausüben und wie die Zukunft aussehen würde, wenn die Eltern ihr eines Tages nicht mehr helfen konnten, war nicht einmal im Ansatz absehbar.

Nach weiteren 2 Monaten Wartezeit, die Familie war mit den Nerven am Ende, kam vom Krankenhaus die Nachricht, es sei eine Spenderniere verfügbar. Die erforderliche Operation könne in 3 Tagen stattfinden. Sie solle sich am Montag im Krankenhaus einfinden. Unklar war, wer der Spender war. Das Krankenhaus weigerte sich, den Namen des Spenders bekanntzugeben. Am Montag früh machten sich die Patientin, ihre Mutter und die Schwester auf den Weg ins Krankenhaus.
Der Vater befand sich auf einer Dienstreise, wollte sich aber am Mittwoch melden. Nach den normalen Untersuchungen fand die Operation am Dienstag früh um 11 Uhr statt. Vorher war dem Spender eine Niere entnommen worden. Die vorher durchgeführten Untersuchungen beim Spender hatten dazu geführt, daß er als besonders geeignet eingestuft wurde. Die Operation hatte offensichtlich zu einem vollen Erfolg geführt. Beate fühlte sich nach der Operation gut, ihr Gesundheitszustand hatte sich stabilisiert, die Ärzte waren sehr zufrieden. Die Mutter und die Schwester hatten sie nach dem Aufwachen aus der Narkose schon besucht. Der Gesundheitszustand des Spenders war bedenklich. Der Kreislauf spielte nicht so richtig mit. Drei Tage nach der Operation konnte Beate das erste Mal aufstehen und einige Schritte auf dem Flur der Krankenabteilung hin- und herlaufen. Sie war glücklich, sie würde bald wieder ein ganz normales Leben führen können. Ihrem Retter war sie sehr dankbar. Wenn es möglich war, wollte sie ihm danken. Bei der nächsten Arztvisite erkundigte sie sich beim Chefarzt. Der Chefarzt schaute seinen Oberarzt an und sagte dann: „Der Spender hat uns ausdrücklich verpflichtet, ihnen seinen Namen nicht zu offenbaren. Vielleicht überlegt er es sich noch. Wenn es ihm besser geht, werden wir ihn fragen. Im Augenblick geht es ihm leider nicht gut. Wir müssen zunächst einmal dafür sorgen, daß er durchkommt.“

Das wäre ja schrecklich, ging es ihr durch den Kopf, wenn der großherzige Spender durch diese Operation vielleicht ums Leben käme. Das Gleiche diskutierte sie nachmittags mit ihrer Mutter. Vater war merkwürdigerweise immer noch nicht von seiner Dienstreise zurück. Mutter wußte jedenfalls nichts Neues. Beate war nicht nur verärgert, sondern mittlerweile etwas traurig darüber, daß er sich nicht einmal kurz bei ihr gemeldet hatte, wo doch dieser operative Eingriff so wichtig für sie war.

Heute früh war sie mit einer überraschenden Tatsache konfrontiert worden. Sie hatte, wie es die Ärzte verlangt hatten, ihre Spaziergänge auf dem Flur der Krankenabteilung aufgenommen, als sie zufällig ein Gespräch der Stationsschwester mit einem Assistenzarzt mitbekam. Die Schwester fragte ihn, wie steht es eigentlich mit dem Vater von Beate ...? Liegt er nach der Nierenspende immer noch auf der Intensiv? Beate war völlig geschockt. Das konnte doch nicht sein. Ihr Vater war der Spender ihrer Niere? Aber das würde viel erklären, einerseits die Verträglichkeit und andererseits auch seine bisherige Abwesenheit. Sie mußte Gewißheit haben. Da sie nicht in die Intensivstation kommen würde, mußte sie direkt vorgehen. Sie ging zur Intensivstation und klingelte an der Tür. Die Schwester, die ihr die Tür öffnete, sagte ihr sofort, sie dürfe nicht hier hinein. Beate erklärte, sie wolle auch nicht die Station betreten, sie hätte nur eine Frage, nämlich ob Herr ..., sie nannte den Vor- und Zunamen ihres Vaters, hier auf der Intensivstation liege. Die Schwester bejahte die Frage, Beate bedankte sich und begab sich wieder in ihr Krankenzimmer. Als ihre Mutter am Nachmittag kam, um sie zu besuchen, erzählte Beate ihr von ihrer Entdeckung, die sich inzwischen zur Gewißheit entwickelt hatte. Diese war entsetzt. Sie ging sofort zum Arztzimmer und verlangte den diensthabenden Arzt. Der Arzt, der nicht wußte wie er sich aus der Affäre ziehen sollte, verwies auf den Chefarzt, der ihr Auskunft geben könne. Nach zwei Stunden kam der Chefarzt, der von seinem Assistenzarzt schon unterrichtet worden war. Er bekannte, daß ihre Vermutung zuträfe, er das jedoch verschwiegen habe, weil ihr Mann dies ausdrücklich so hatte haben wollen. Jetzt läge er auf der Intensivstation, es gehe ihm etwas besser, er sei auch bei Bewußtsein. Ganz über den Berg sei er aber nicht. Sie könne ihren Mann kurz besuchen., was sie dann auch sofort tat. Ihr Mann begrüßte sie matt, aber glücklich. Die erste Frage an seine Frau war: „Wie geht es Beate?" „Gut", entgegnete sie, „sie kann es Dir nachher am besten selbst sagen." Dann brach es aber aus ihr heraus: „Warum hast Du denn nichts gesagt?" „Das hätte doch nur endlose Diskussionen ausgelöst und es war doch Eile geboten!" Sie verkniff es sich, darauf zu antworten. Sie strich ihm mit der Hand über das Gesicht: „Es ist schon gut". Als sie merkte, daß er müde war, verließ sie ihn, nachdem sie ihm versprochen hatte, später mit Beate nochmals vorbeizukommen. Sie besprach sich anschließend mit Beate, sie sollte in zwei Tagen nach Hause entlassen werden. Heute Nachmittag würden sie zusammen zu Vater gehen, um ihm Gesellschaft zu leisten. Beate freute sich, als sie ihn wiedersah. Sie konnte es immer noch nicht fassen, daß er ihr eine gesunde Niere gespendet hatte. Jetzt war es vor allem wichtig, daß er schnell gesund werden würde, denn sie wollten die gelungene

Operation zusammen feiern. Beate besuchte ihren Vater, solange sie noch im Krankenhaus war, sooft es die Ärzte zuließen. Bei den ersten beiden Besuchen hatte sie den Eindruck, es ginge mit ihm gesundheitlich bergauf. Danach aber am dritten Tag wirkte er müde, war kaum ansprechbar. Der behandelnde Arzt machte ein nachdenkliches Gesicht, als sie ihn darauf ansprach. Der Patient selbst wurde immer schwächer. Er regierte kaum, sie streichelte ihm über das Gesicht und die Hände.

Er lag in einem Dämmerzustand und hatte nur seltene lichte Momente. Kurz vor seinem Tod war er noch einmal kurz völlig wach gewesen. Er hatte sie neben sich sitzen sehen, hatte gelächelt und dann nur kurz bemerkt: „Es war alles richtig. Ich freue mich, daß ich Dir helfen konnte." Das waren seine letzten Worte gewesen. Sie wußte nun, Liebe ist stärker als der Tod.

Hochzeit mit einer Todgeweihten

Eigentlich sollte die Hochzeit schon vor drei Monaten stattfinden. Es war alles vorbereitet, mit dem Standesamt, dem Pfarrer und dem Restaurant waren alle Einzelheiten abgesprochen worden. Die Gäste waren eingeladen und hatten fast alle zugesagt. Dann aber war Petras Krankheit dazwischengekommen. Sie mußte sofort ins Krankenhaus, nachdem sie sich schon einige Zeit zerschlagen gefühlt hatte. Dort hatte man eine seltene, unheilbare Krankheit festgestellt. Die Ärzte hatten ihr nur noch Wochen, allenfalls einen oder zwei Monate Lebenszeit gegeben. In der Anfangszeit waren sie und ihr Verlobter völlig verzweifelt gewesen. Sie hatten die Hochzeit abgesagt, ihr Verlobter Jochen war jeden Tag im Krankenhaus erschienen, hatte sie getröstet und ihr Mut zugesprochen. Er hatte sie immer wieder gefragt, was er für sie tun könne. Petra hatte ihm immer wider versichert, sie freue sich jedes Mal, wenn er sie besuche. Seit die Ärzte ihm und ihren Eltern vor 2 Tage gesagt hatten, es könne nicht mehr lange dauern, hatte er sich Urlaub genommen. Er wollte in den letzten Tagen möglichst ständig bei ihr sein. Die Krankenhausleitung hatte mit sich reden lassen und ihm das zugebilligt, was man sonst Eltern von schwerkranken Kindern gestattet, nämlich daß er über Nacht im Krankenhaus bleiben konnte. Er flößte ihr den Tee ein, gab ihr Suppe und kümmerte sich rührend um sie. Unvermittelt hatte er ihr gestern nachmittag verkündet, daß morgen früh um 11 Uhr eine kleine Überraschung auf sie warte. Man merkte ihr deutlich an, daß sie sich besonders bemühte, durchzuhalten, um am nächsten Tag, die Überraschung nicht zu verpassen. Sie schlief, nachdem sie neben Schmerzmitteln auch Schlaftabletten bekommen hatte, um wenigstens etwas ausgeruht in den nächsten Tag zu kommen. Jochen war während der Nacht noch einmal mit der Nachtschwester in ihr Zimmer gegangen und sie, die Schwester und er hatten festgestellt, daß sie ruhig schlief. Früh war er zu ihr nach der Arztvisite in ihr Zimmer gekommen, sie wirkte freudig erregt. Und dann war es soweit.

Er flüsterte ihr ins Ohr, daß er sie liebe, und daß er alles für ihre Hochzeit arrangiert habe. Beide Elternpaare und die engsten Freunde würden zusammen feiern. Sie war völlig überrascht und überwältigt. Vor Freude standen ihr die Tränen in den Augen. . Gegen 9.30 Uhr kamen ihre Eltern, der Vater hatte den Brautstrauß in der Hand und die Mutter einen großen Karton mit dem Hochzeitskleid. Der Vater mußte das Zimmer verlassen und die beiden Frauen blieben allein im Zimmer. Dann hatte eine Schwester ihr geholfen, das weiße Brautkleid anzuziehen. Die Schläuche hatten ihr die Ärzte für diesen Tag entfernt und kleine Pflaster bedeckten die beiden Arme, außerdem hatte sie eine besondere Stärkungsspritze bekommen. Sie saß im Sessel und wartete Die Schwester, die selbst von der Idee der Hochzeit begeistert war, hatte einen Spiegel aufgetrieben und jetzt legten sie und die Mutter Hand an, um die Braut möglichst schön herauszuputzen. Nach einer dreiviertel Stunde war sie fertig angezogen und geschminkt. Die Blässe des Gesichts überdeckte Make up, so daß sie einen   gesunden Eindruck machte. Kurz vor 11 Uhr war der Standesbeamte eingetroffen, die beiden Trauzeugen, der Bruder der Braut und ein Freund des Bräutigams, sowie die beiden Elternpaare waren anwesend und überstanden tapfer die Trauzeremonie, die der Standesbeamte im Krankenzimmer, in das man einen Tisch mit zwei Stühlen hineingestellt hatte, vornahm. Hinter dem Tisch hatte der Standesbeamte Platz genommen. Auf dem Stuhl vor dem Tisch saß der Bräutigam, dicht neben ihm Petra im Rollstuhl, den ihr Bruder an den Tisch herangeschoben hatte. Jochen bejahte die Frage, ob er die anwesende Braut heiraten wolle mit fester Stimme. Die Stimme der Braut war leise und zitterig. Alle Beteiligten sahen sich verstohlen an. Man konnte sehen, daß sie alle mit den Tränen kämpften. Danach machte sich eine kleine Prozession, angeführt von den Eltern der Braut und des Bräutigams, auf den Weg zur Krankenhauskapelle. In der Mitte schob der Bräutigam, d.h. der gerade getraute Ehemann in dunkelblauem Anzug mit weißem Hemd und blauer Krawatte mit weißen Punkten, den Rollstuhl seiner Frau. Petra saß stolz in ihrem Rollstuhl und lächelte den Schwestern und Ärzten zu, die im Gang standen und staunend das Schauspiel beobachteten. An der Pforte der kleinen Kapelle im zweiten Stock kam ihnen der Pfarrer entgegen, begrüßte Braut und Bräutigam und die übrigen Gäste und nahm die Trauzeremonie vor. Sie unterschied sich nicht wesentlich von dem üblichen Ritus, wenn man einmal davon absieht, daß die Kapelle klein ist, wenig Hochzeitsgäste anwesend waren und die Braut im Rollstuhl saß. Die Orgel spielte, die Gäste sangen die Lieder mit, selbst das Brautpaar summte mit. Der Pfarrer, der die Braut schon als Baby getauft hatte, hielt den Gottesdienst ab, ohne die Besonderheit dieser Trauung herauszukehren. Das war auch der ausdrückliche Wunsch des Bräutigams und der Eltern gewesen. Nach dem Jawort küßte Jochen zärtlich seine Frau und unter den Klängen des Liedes „Großer Gott, wir loben Dich" zog die Hochzeitsgesellschaft aus der Kirche. Voran ging der Bräutigam, der seine Ehefrau im Rollstuhl schob. Dahinter folgte der Pfarrer mit der Familie und den Freunden. Jetzt brachen alle Dämme. Mit Ausnahme der Braut, die nichts davon mitbekam, hatten alle ihr Taschentuch in der Hand, schneuzten sich oder wischten sich heimlich mit der Hand die Tränen aus dem Gesicht. Vor der Tür standen Ärzte, Schwestern und die Pfleger der Abteilung Spalier und winkten den Brautleuten freundlich zu. Die Braut strahlte über das ganze Gesicht. Langsam bewegte sich der Hochzeitszug wieder zum Krankenzimmer. Dort trank man gemeinsam ein Glas Sekt. Auch dafür hatte der Bräutigam gesorgt. Er hatte einige Flaschen mitgebracht, Gläser hatte die Stationsschwester organisiert. Jeder hatte ein Glas in der Hand und man trank auf das Wohl der jungen Leute. Die Braut bekam ein Glas kalten Tee, mit dem sie den anderen ausgelassen zuprostete, als wenn es Champagner wäre. Danach verabschiedeten sich die Gäste langsam und verließen das Zimmer. Zurück blieben schließlich die beiden frischgetrauten, glücklichen Eheleute. Die Stationsschwester kam, um der jungen Frau beim Ausziehen des Hochzeitskleides zu helfen, denn sie mußte in der nächsten halben Stunde dringend ihre Infusion bekommen. Die Petra bat jedoch noch um zwanzig Minuten Zeit. Sie wollte sich noch einmal im Spiegel betrachten, ehe sie wieder das weiße Krankenhausnachthemd anziehen würde. Jochen schob sie vor den Spiegel und stellte sich hinter sie, so daß sie beide im Spiegel zu sehen waren. „Wir sind doch ein schönes Paar," bemerkte sie lächelnd und streichelte zärtlich seine Hand. Dann küßten sie sich besonders lang, er schaute ihr in die Augen und sagte, wobei ihm die Tränen in die Augen traten: „Ich werde Dich immer lieben." „Ich weiß", sagte sie.

Danach half er ihr beim Ausziehen. Mit dem Erscheinen des Arztes und der Krankenschwester begann der Krankenhausalltag wieder und die Hochzeitsfeier war zu Ende. Diese war der letzte Höhepunkt ihres Lebens gewesen. In den nächsten Tagen nahm ihr körperlicher Verfall rapide zu und am Ende der folgenden Woche verstarb sie in den Armen ihres Mannes. Bis zuletzt hatte sie immer von der schönen Hochzeit geschwärmt. Allen, die sie besucht hatten, den Eltern, ihrem Bruder, besonders aber ihrem Mann hatte sie immer wieder mit einem Leuchten in den Augen von Einzelheiten ihres schönsten Festes berichtet.

Gemeinsam leben – gemeinsam sterben

Alles in die Boote, erscholl es durch die Lautsprecher. Die Menschen rannten zu den Sammelstellen, die ihnen durch die Ansage mitgeteilt wurde. Alles schrie durcheinander. Nur zwei alte Leute, ein Paar, die beiden mochten etwa Mitte 70 Jahre alt sein, schienen die Ruhe selbst zu sein. Sie schlossen die Kabinentür und gingen langsam in Richtung der Boote. Sie mußten aufpassen, daß sie nicht von den Leuten umgerannt wurden, die sie schreiend zur Seite stießen. Endlich kamen die beiden Alten an der vom Lautsprecher bezeichneten Stelle an, wo eine unübersehbare Menschenmenge schrie und drängte, um auf diese Weise näher zu den Booten zu kommen. Ein Offizier hatte das Kommando für die Ausschiffung übernommen und forderte mit einem Megaphon die Menschen auf, Frauen und Kinder durchzulassen, damit diese zuerst in die Boote könnten. Zunächst wurden auch einige Frauen, allein oder mit Kindern durchgelassen, dann begannen aber einige Männer sich durchzudrängen, um mit den Frauen in die Boote zu kommen. Einer hatte sich ein Tuch umgeschlungen, um damit den Eindruck zu erwecken, er sei eine Frau. Als der Schwindel bemerkt wurde, gerieten große Teile der Menge in Zorn und schlugen auf ihn ein. Der Offizier und einige Matrosen versuchten, die Menge zu beruhigen. Aber es gelang ihnen nur für kurze Zeit.

Als sich unter großem Getöse ein Boot wegen der inzwischen eingetretenen Schieflage losriß und gegen einen Schornstein krachte, begann eine Panik. Viele der Wartenden sprangen in das bereits besetzte Boot, das gerade heruntergelassen werden sollte. Das nunmehr überfüllte schlug gegen die Schiffswand, geriet ins Kippen und der größte Teil der Insassen wurde hinausgeschleudert. Der Offizier, der offensichtlich mit der Schiffsleitung in Funkverbindung stand, erklärte den Wartenden, sie sollten auf die andere Seite des Schiffes gehen, die dortigen Boote seien alle noch unbesetzt. Die meisten Leute rannten durch die Gänge zur Backbordseite. Hier auf der Steuerbordseite gab es deshalb etwas mehr Platz, so daß die Frauen mit Kindern endlich geordnet auf das bereitstehende Rettungsboot gehen konnten. Als nächstes war die alte Frau des Pärchens an der Reihe. Sie aber weigerte sich mit den Worten: „Wenn mein Mann nicht mit kann, bleibe ich auch hier." Er versuchte, sie dazu zu bewegen, das Boot zu besteigen: „Geh ins Boot, ich komme mit dem nächsten Boot nach!" Sie konnte aber kein Boot erkennen. „Wir haben ein ganzes Leben zusammen verbracht, jetzt wollen wir auch zusammen sterben", sagte sie und legte ihm die Hand auf die Schulter. Er wußte, daß es keinen Sinn hatte, sie umzustimmen. Sie standen an der Reeling und schauten ins schwarze Wasser unter ihnen. „Wollen wir tanzen," fragte er sie. „Wir haben doch immer gern getanzt." „Ja, klar, Du hast recht." Er nahm sie in den Arm und sie tanzten nach den Klängen der Kapelle, die sich vorgenommen hatte, solange zu spielen, bis das Schiff untergegangen sein würde. Sie tanzten als Einzige, bis der letzte Ton verklungen war, und man hatte den Eindruck, daß sie mit ihrem Schicksal zufrieden waren.

Die diamantene Hochzeit

Etwas verschüchtert saß die Jubelbraut, so nannte man sie wohl früher, zwischen Kindern, Enkeln, Urenkeln und ihrem Mann, mit dem sie jetzt 60 Jahre verheiratet war. Der Jubilar sah müde und angestrengt aus, aber man sah ihm einen gewissen Stolz an. Stolz war er offensichtlich auf seine Frau, auf das vergangene Leben, seine Familie, die sich so zahlreich um sie beide versammelt hatte. Er hatte zwar etwas Probleme mit dem Gehen und seine Augen waren auch nicht mehr so gut, aber im wesentlichen war er in den letzten Jahren gesund, nachdem die Zeit der Operationen kurz vor der Pensionierung vorbei war. Sie war beneidenswert gesund gewesen. Vielleicht war sie durch die viele Arbeit in der Anfangszeit ihrer Ehe so gestählt worden, daß sich Krankheiten nicht mehr an sie herangetraut hatten. So war jedenfalls seine Version. Jetzt, wo sie beide Ende achtzig waren, hatte sich eine gewisse Ruhe eingestellt. Alle größeren und kleineren Katastrophen spielten keine Rolle mehr. Die Enkelkinder waren schon erwachsen, die Finanzen waren geregelt, jetzt gab es nur noch ein Problem und das war ihnen auch ständig bewußt, auch wenn es die übrigen Familienmitglieder nicht offen vor ihnen aussprachen.
Wer würde zuerst sterben, was würde mit dem Überlebenden passieren. Kam der Tod schnell oder nach langer Krankheit? Die beiden Söhne und die Tochter hatten diese Frage schon oft erörtert und auch heute würde sicher darüber geredet werden. Die Gelegenheit war günstig, denn nur selten kamen alle zusammen, weil sie weit verstreut wohnten. Der Empfang war mit Sekt und Orangensaft zu Ende gegangen. Nur wenige alte Freunde hatten die Jubilare begrüßen können. Die meisten waren schon verstorben. Jetzt saß man bei Tisch und nach der Suppe hatte sich der älteste Sohn wie immer erhoben und eine Lobrede auf seine Eltern gehalten. Alle hatten auf das Wohl der Jubilare angestoßen. Es war wie immer. Nach dem Hauptgang hatte der letzte Freund eine kurze, aber humorvolle Rede auf die Frau des Hauses gehalten und auch die anderen Damen charmant gelobt. Nachdem ein Sohn und ein Enkelsohn schon ziemlich angeheitert waren, hatte die Urenkelin nach dem Dessert am Klavier ihre eher dürftigen Kenntnisse zum besten gegeben. Nach Kaffee und Kuchen und einigen Gläsern Wein war die Feier dann zu Ende gegangen.

Die Jubilare waren in ihre Wohnung im Altersheim zurückgebracht worden, während sich die Festteilnehmer später in der Hotelbar zu einem Schlummertrunk treffen wollten. Die beiden Jubilare saßen jetzt müde in ihrem Zimmer und unterhielten sich über den Tag. „Ich bin froh," sagte er zu ihr, „daß die Feier endlich zu Ende ist." „Es war langweilig wie immer. Im Prinzip hätte man sich das Ganze sparen können." „Na, ja, wegen der Kinder mußten wir doch feiern, sie wollten uns eine Freude machen.",,Aber sie hätten sich auch mal etwas Originelles einfallen lassen können. Immer nur essen und trinken, einige langweilige Reden und dann immer das blödsinnige Klavierspielen." „Man sollte meinen, wir wären die junge Generation und nicht unsere Kinder und Kindeskinder". „Weißt Du was, wir gehen jetzt zur Feier des Tages aus und zwar allein!", sagte er. „Du hast recht, wir gehen aus." Zuerst wollten sie mit der Taxe in die Innenstadt fahren und dann ins Kino gehen. Er wollte etwas Lustiges sehen, sie etwas Romantischer. Sie hatten noch einmal in der Zeitung nachgesehen und dann eine Komödie ausgesucht. Danach wollten sie essen gehen. Lachend kamen sie aus dem Kino. „Ha", sagte er, „dieser Typ war doch wirklich zu komisch." „Aber die Verführungsszene war auch nicht schlecht." Beide waren zufrieden. Sie gingen in das beste Restaurant, das sie kannten. Es war ziemlich voll und so war es gut, daß er schon vorher einen Tisch reserviert hatte. Er bestellte eine Flasche Champagner. Das Menü war sehr exotisch. Zum Schluß gönnte er sich noch eine Zigarre und einen Cognac, sie trank einen Likör. Zufrieden bestiegen sie das Taxi, das ihnen der Ober bestellt hatte und fuhren nach Hause. Das war ein Abschluß nach Maß gewesen. Sie hatten sich wieder jung gefühlt. Sie schliefen zufrieden ein.

Nach dem Frühstück am nächsten Tag riefen in kurzem Abstand die Kinder an, die sie bestürmten, wie ihnen denn der Tag mit der Feier gefallen habe. Alle erhielten die gleiche Anwort, es sei ein sehr schöner Tag gewesen, aber doch etwas anstrengend sei er gewesen und deswegen seien er und seine Frau auch bald ins Bett gegangen. Dabei blinzelte er verschmitzt seiner Frau zu.

Junggesellenabschied

Mit gemischten Gefühlen war er in den heutigen Abend gegangen. Heute wurde sein Abschied vom Junggesellendasein gefeiert. Er war im Freundeskreis praktisch der einzige dieser Gattung, wenn man einmal von Fritz absah, der wieder allein war, nachdem seine Ehe bereits wieder geschieden war. Alle Freunde waren inzwischen im Hafen der Ehe gelandet, und als er ihnen berichtete, daß er morgen heiraten wolle, war das „Hallo" groß gewesen. Er, von dem man annahm, er werde die Ehre der Junggesellen lebenslänglich verteidigen, er war besiegt worden, ihn hatte man gefangen. War das eine Genugtuung für alle Freunde! Die Festung war gestürmt, die Mauer niedergerissen. Also war es klar, der Abschied vom Ledigenstand mußte gefeiert werden. Die Freunde versprachen, das Fest auszurichten, er brauchte nur das Essen und die Getränke zu bezahlen und mußte selbstverständlich gut gelaunt kommen. Zunächst hatte er protestiert. Weil er schon bald einsah, daß er sich nicht weigern konnte, hatte er lachend zugestimmt. Sie sollten ihn nur rechtzeitig benachrichtigen, wann und wo das Ereignis stattfinden würde. Tatsächlich hatten die Freunde ihn letzten Dienstag angerufen und ihm gesagt, die Feier werde im „Lahmen Esel" gegen 19 Uhr stattfinden. Er solle sich bereithalten. Als er kurz nach 19 Uhr im Lokal ankam, war die Stimmung schon ganz schön angeheizt. In einem Nebenraum waren offensichtlich schon einige eifrige Sänger dabei, ihre Gesangskünste zu Gehör zu bringen. Entweder fehlten ihnen noch einige Liter Bier, verdünnt mit Schnaps, um der Stimme die nötige Ölung zu geben, oder es fehlte grundsätzlich am Talent. Die Hautperson wurde von allen Seiten mit großer Begeisterung begrüßt. Alles schrie durcheinander. Schnell wurde ihm ein prall gefülltes Glas Bier gereicht und alle seine Freunde stießen mit ihm an. Das Stimmengewirr nahm zu. Jeder, der eine Stimme hatte, wollte von ihm wissen, wie er sich fühlte. Er murmelte etwas, wie „Och, gut" und sah sich dann um, wer gekommen war. Sie waren alle da, sogar Wolfgang aus Hamburg und Matthias aus Dresden hatten den weiten Weg nicht gescheut. Es war schon toll, aber eigentlich hätte er es natürlich wissen können, aber er hatte sich nicht für die Einladungen der Gäste morgen bei der Hochzeit oder heute interessiert. Alles das hatte seine Verlobte organisiert, zumindest war sie für die Gästeliste der Hochzeit zuständig. Heute hatten ja die Freunde alles gemanagt. Mit Erfolg, wie man sah! Langsam fand er sich zurück, es war gemütlich und für alles gesorgt. In einer Ecke war ein zünftiges Buffet aufgebaut mit Frikadellen, Soleiern, Kartoffelsalat, Leberkäse, verschiedenen Arten von Käse, Brezeln und Bauernbrot. Es wurde Bier getrunken und dazu klarer Schnaps. Nicht nur er hatte inzwischen schon ein gewisses Quantum an Bier zu sich genommen und auch die zweite Flasche Korn war schon fast zur Hälfte leer. Alte Erinnerungen aus der Jugendzeit wurden aufgefrischt. Manche kannte er schon seit der Schulzeit. Auch die Zeit des Studiums spielte eine Rolle und nicht zuletzt der Beruf. Fast jeder Satz begann mit den Worten: „Weißt Du noch Helmut, als...." Über seine zukünftige Frau wurde freundlich gesprochen. Zwischendurch wurde gefrozzelt, daß er nun auch Befehlsempfänger werden würde.

Gegen 0.30 Uhr verabschiedete er sich unter großem Bedauern der Freunde. Schließlich wollte er nicht total betrunken und völlig unausgeschlafen seinen Hochzeitstag beginnen. Er ging, wünschte noch viel Vergnügen und meinte, sie sollten nicht zu spät in Bett gehen, damit sie die Hochzeitsfeier nicht verpaßten.

Zu Hause begab er sich, nachdem er kurz mit seinen Eltern gesprochen hatte, in sein Zimmer, öffnete das Fenster weit und schaute nachdenklich in die dunkle Nacht. War es die richtige Entscheidung? Machte er keinen Fehler? So ging es ihm durch den Kopf. Liebte er sie wirklich so, daß es für ein gemeinsames Leben, eine Familie reichen würde? Je mehr er nachdachte, um so unsicherer wurde er. Bis vorhin hatte es keinerlei Zweifel gegeben. Jetzt, wo dieser wichtige Schritt in seinem Leben unmittelbar vor ihm stand, da hatte er Angst vor dem Morgen, der Zukunft. Unruhig ging er im Zimmer auf und ab. Dann schaute er wieder zum Fenster hinaus.

Plötzlich klopfte es an der Tür. Dann öffnete sie sich und sein Vater stand lächelnd im Türrahmen und schaute zu ihm. Dann bemerkte er leicht: „Na, unsicher?" Helmut schaute erstaunt zu seinem Vater und nickte dann kurz. „Blöd nicht wahr, dabei liebe ich Julia doch!" „Du denkst, Du bist der Einzige, der Zweifel vor seiner Hochzeit hat? Das ging mir so und vielen, vielen anderen. Und wenn Du Dir meine Ehe anschaust, so schlecht war sie doch bisher nicht!" Dabei grinste er übers ganze Gesicht. „Du hast sicher recht, morgen sehe ich das genauso wie Du.""Alles klar, aber erzähle nichts weiter", entgegnete Helmut erleichtert. „Das ist doch klar. Schlaf gut, ich freue mich auf morgen, für Euch und uns." Der Vater klopfte ihm kurz auf die Schulter und ließ ihn dann allein. Helmut war beruhigt. Er hatte plötzlich das Gefühl, daß er die richtige Entscheidung getroffen hatte es seinem Vater ähnlich erging. Er hatte ihn offensichtlich verstanden, er hatte zu ihm als Freund gesprochen.

Das Lebenswerk

Jetzt war also der Tag, die Stunde des Abschieds gekommen. Immer wieder hatte er diesen Tag vor sich hergeschoben, auch wenn seine Frau und seine Freunde ihn schon seit Jahren gedrängt hatten. Er war jetzt 72 Jahre alt und hatte die Firma gegründet, langsam aufgebaut und zu einem erfolgreichen Unternehmen geführt. Heute also würde er seinen Betrieb in die Hände eines Jüngeren legen. Eine gewisse Wehmut befiel ihn, obwohl er das Unternehmen doch an seinen Sohn übergeben würde, also es nicht in fremde Hände fiel. Es war eben sein Lebenswerk, dafür hatte er gearbeitet, gelitten, auf Urlaub verzichtet, Nächte, Sonn- und Feiertage geopfert. Wieviele hatten ihn um seine Selbständigkeit und Unabhängigkeit beneidet, wenige hatten seine Risikobereitschaft gesehen, den Ärger mit Kunden, die Angst keine Aufträge zu bekommen, Regresse auffangen zu müssen. Sicher wußte er, daß sein Sohn das Werk gut weiterführen würde, weil er ja schon sieben Jahre im Betrieb tätig war, aber eine gewisse Skepsis blieb doch. Die Reden waren vorbei, er war gelobt worden vom Oberbürgermeister, Freunden und dem Betriebsratsvorsitzenden und auch er hatte eine Dankesrede gehalten. Mit einem Glas Sekt, einem Blumenstrauß und dem festlich dekorierten Buffet war die Feier zu Ende gegangen. Er ging noch ein letztes Mal allein durch den Betrieb. Erinnerungen überall, wohin er blickte. In der Ecke die ausgemusterte erste Werkzeugmaschine. Hinten ein Vorarbeiter, der schon zwanzig Jahre hier gearbeitet hatte. Hier der Fleck auf dem Hallengrund, der vom undichten Dach vor fünf Jahren herrührte. Da hatte es nicht nur hereingeregnet, sondern danach war noch etwas Teer heruntergelaufen. Zum Schluß ging er in sein altes Büro, grüßte seine Sekretärin zum letzten Mal und ließ sich dann von seinem alten Fahrer, dem treuen Karl, nach Hause fahren. Seine Frau wartete bereits auf ihn, hatte ihm eine eisgekühlte Flasche Bier zurechtgestellt und die Kiste mit den Zigarren. Sie schaute ihn aufmerksam an, spürte seine Rührung und sagte dann: „Nimm es Dir nicht zu sehr zu Herzen. Es wird Dir ja nichts weggenommen. Dein Sohn wird den Betrieb schon aufrecht-erhalten." „Ja, das glaube ich auch, aber er hat doch noch nicht meine Erfahrung." „Wie soll er auch?", entgegnete sie. „Aber er hat Betriebswirtschaftslehre studiert und den Betrieb jetzt sieben Jahre von Grund auf kennengelernt." „Ja, Du hast recht, aber Du weißt doch, wie ich bin!" Damit zündete er sich die Zigarre an und nahm einen Schluck Bier. „Am schwierigsten wird es für mich sein, stillzuhalten, wenn ich glaube, daß es schiefgeht. Es ist halt mein Lebenswerk!" Damit war alles gesagt und das Thema war abgehandelt.

Kindersoldaten

Begeistert und voller Ernst trug er, er war vielleicht zwölf Jahre alt, sein Gewehr. Er hatte eine Art Uniform an und den Helm eines Soldaten. Die Uniform bestand aus einer khakifarbenen Hose, die wohl früher einem erwachsenen Soldaten gehört haben mochte. Die Hose war ihm viel zu groß, und man konnte sowohl an den hochgekrempelten Hosenbeinen als auch der zu großen Ausformung der Hose am Gesäß feststellen, daß die Hose nicht für den jetzigen Träger gemacht war. Offenbar hatte die Mutter notdürftig versucht, aus dem Stück ein militärisches Kleidungsstück für ein Kind zu schneidern. Der Helm war so groß, daß er das Gesicht des Jungen völlig bedeckt hätte, wenn er nicht mit Papier ausgestopft gewesen wäre. Eine Jacke trug der junge Kämpfer nicht. Bei den hiesigen warmen Temperaturen brauchte man keine Jacken oder einen Pullover. Der Junge trug ein T-Shirt westlicher Art mit einer Mickey Mouse auf der Vorderseite. Die anderen Kindersoldaten, der jüngste 9, der älteste 14 Jahre, waren ähnlich bekleidet. Alle hatten militärähnliche Kleidungsstücke an, bei manchen konnte man nur aufgrund des Helmes oder einer Militärmütze und dem Gewehr erkennen, daß sie Soldaten sein sollten. Die zwölf Jungen, die auf dem Hof Aufstellung genommen hatten, waren jedenfalls mit vollem Ernst bei der Sache. Alle machten ein martialisches Gesicht und hatten auf Aufforderung ihres 17jährigen Ausbilders mit Maschinenpistole in einer Reihe Aufstellung genommen. Auf sein Kommando warfen sich die Jungen auf den staubigen Boden, einer stolperte dabei über sein Gewehr, das ihm zwischen die Beine geraten war. Auf das Brüllen des Vorgesetzten sprangen sie wieder auf, dann liefen sie im Gleichschritt in Zweierreihen über den Hof und brüllten wie aus einem Mund „Tod den Feinden". Dann richteten sie ihre Gewehre auf einen imaginären Feind, brachten sie in Anschlag und machten dann „Bumm, bumm". Munition mußte für den Einsatz gespart werden. Dann war das Exerzieren zu Ende und der Kasernenplatz wurde zum Fußballplatz. Jetzt rannten die Kindersoldaten richtig ausgelassen über den Platz, feuerten sich gegenseitig an und jubelten, wenn einer von ihnen ein Tor geschossen hatte. Einen größeren Kontrast zwischen Soldat und Fußballspieler konnte man sich als Beobachter nicht vorstellen. Bei Einbruch der Dunkelheit verschwanden die Jungen vom Dorfplatz. Man konnte erahnen, daß sie nach Hause gegangen waren. Am nächsten Nachmittag waren wieder alle da und das Exerzieren begann aufs Neue. Auch an diesem Tag endete der Tag mit einem Fußballspiel. Was sie am Vormittag getan hatten, kann man nur erahnen. Waren sie in die Schule gegangen, hatten sie auf dem Feld gearbeitet, Eltern oder Fremden in der Werkstatt geholfen oder am Markt Obst verkauft? Fast zwei Wochen änderte sich diese Zeremonie nicht. Nachmittags gegen 15 Uhr erschienen die Jungen und das Exerzieren begann.

Dann aber geschah etwas Ungewohntes. Der 17jährige Ausbilder ließ nach dem Exerzieren alle Soldaten antreten. Am Rand des Exerzierplatz waren einige Erwachsene zu sehen. An ihren Blicken und Gesten konnte man erkennen, daß es sich um die Eltern der Jungen handelte. Sie standen schweigend an der Häuserzeile, die den Platz begrenzte. Dann hielt der Ausbilder eine flammende Rede auf das Vaterland, seine erforderliche Verteidigung und daß sie, die Soldaten, jetzt in den Krieg ziehen müßten, sie trügen auf ihren Schultern die Verantwortung für die Freiheit des Landes und ihre Zukunft. Danach wurden sie feierlich auf die Fahne vereidigt und ihnen dann jeweils Munition für ihr Gewehr und eine Handgranate übergeben. Sie waren jetzt richtige Soldaten. Dann schritt der Ausbilder an der ausgerichteten Reihe der Soldaten vorüber, schaute sie kurz an und bestimmte dann einen 12jährigen Jungen zum künftigen Helden. Er sollte als Selbstmordattentäter mit Sprengstoff am Körper den Heldentod sterben und möglichst viele Feinde mit in den Tod ziehen. Der Junge war stolz. Die Kameraden schauten neidisch auf ihn, der ausgezeichnet war, ein Held werden zu dürfen. Die Eltern beglückwünschten ihn. Am Abend würde es ein großes Festessen geben. Alle Familienangehörigen und Nachbarn und auch die Kameraden waren eingeladen und morgen früh zur Hauptverkehrszeit würde ihr Sohn den Heldentod sterben. Die Feier war ausgelassen. Es wurde gegessen und getrunken. Immer wieder ließ man den Junge hochleben. Man machte noch einige Aufnahmen vom Sohn. Früh wurde der Junge zum Platz gefahren, an dem das Attentat stattfinden sollte. Ob das Attentat erfolgreich sein würde, würde man sicher aus den Nachrichten erfahren. Nach den Abendnachrichten im Fernsehen war es sicher, ihr Junge war ein Held. Sie konnten stolz auf ihn sein!

Aufgeben gilt nicht

Er lag in seinem Bett und starrte an die Decke. War´s das nun oder? Die Vergangenheit schwamm an seinen Augen vorüber wie ein Schiff auf den Wellen des Meeres. Zunächst schaute er mit Interesse den bewegten Bildern zu. Bald aber war er seltsam beunruhigt. Den Grund konnte er sich nicht erklären. War es ein Geräusch, eine Bewegung ? Im Zimmer war es still, von draußen drang gedämpft der Straßenlärm ins Zimmer. Plötzlich wurde es ihm bewußt. Es waren die Szenen, die sein geistiges Auge gesehen hatte. Sie ähnelten sich immer irgendwie. Zunächst konnte er keine Gemeinsamkeiten feststellen. Dann wurde es ihm immer deutlicher. Die Momente aus seiner Kindheit, seiner Jugend und dem Alter, zeigten ihn immer in den gleichen Situationen. Er hatte mit allen Arten von Vorgesetzten zu tun, mit Eltern, Lehrern, den Professoren im Studium und dann den Vorgesetzten im Beruf. Aber worin bestand die Ähnlichkeit? Ja, jetzt wußte er es. Es war sein Verhalten zu den Vorgesetzten. Er hatte immer „Ja" gesagt, sich immer geduckt, sich stets angepaßt. Wie oft hatte sich sein Magen umgedreht, wenn er wieder einmal seine Ansicht hinten angestellt hatte, wie lange danach hatte er den Ärger jedesmal mit sich herumgeschleppt. Immer hatte er sich vorgenommen, das nächste Mal würde er ohne Rücksicht auf sich, seine Familie, seine Stellung das sagen, was er meinte. Er nahm sich vor, nicht einzuknicken. Wie bewunderte er andere, die das ohne Probleme konnten. Schon in der Schule war es so gewesen. Er war erzogen worden, höflich, bescheiden, nicht vorlaut zu sein und möglichst nicht anzuecken. Seine Eltern hatten immer gesagt, mit Höflichkeit, Pünktlichkeit und Bescheidenheit kommt man weiter. Er war zwar weitergekommen, aber nicht einmal annähernd zu dem Ziel, daß er sich gewünscht hatte. Er hatte der Vorstellung seines Vaters Folge geleistet, daß eine ruhige Beamtenstellung für ihn das Richtige sei. Er hatte auch nicht aufgemuckt, als seine Eltern geäußert hatten, die Frau, in die er sich verliebt habe, sei nicht die Richtige für ihn. Sie sei nicht solide, sie würde nicht zur Familie passen. Später hatte er dann gar nicht geheiratet. Er war bei seinen Eltern geblieben. Und später, als der Vater gestorben war, hatte er bei der Mutter bis zu deren Tod ausgeharrt. Jetzt war er allein. Wie sehr sein Leben verpfuscht war, war ihm schon lange nicht mehr bewußt geworden. Erst hier im Krankenhaus, in das er wegen einer dringenden Nierenoperation eingeliefert worden war, war ihm das klar geworden. Die junge brünette Krankenschwester, die jetzt schon zwei Wochen hintereinander Nachtdienst hatte, war besonders nett zu ihm. Vielleicht bildete er sich das Ganze auch nur ein. Er mußte sich aber zugestehen, daß er sich zumindest ein wenig in sie verliebt hatte. So freute er sich jedesmal auf sie und konnte es gar nicht erwarten, daß sie kam. Er meinte auch, Sympathie bei ihr zu entdecken. Schließlich hatte er sich fest vorgenommen, sie nach seiner Genesung zum Essen einzuladen und hoffte fest, sie würde zusagen. Jetzt war alles anders gekommen.

Es gab Komplikationen. Er hatte eine Thrombose bekommen und daraus hatte sich eine Lungenembolie entwickelt. Er schlief meist und wenn man dem Oberarzt Glauben schenkte, dann würde es noch höchstens drei Stunden dauern, bis das Bett frei sein würde. Seine Lieblingsschwester war bei der Visite auch dabei gewesen. Sie hatte traurig zu ihm geblickt. Das hatte er aus seinen Augenschlitzen sehen können. „Und eine Hoffnung gibt es nicht?", fragte sie den Oberarzt. „Nein, nach menschlichen Ermessen nicht. Das könnte vielleicht ein Mensch mit besonderem Überlebenswillen, aber auch das nur höchst selten. Dieser Mensch hat sich schon aufgegeben." Beide verließen den Raum. Jetzt war es an ihm. Wenn er sich so verhielt wie immer, dann war er erwartungsgemäß in zwei bis drei Stunden tot. Aber bei einem Kampf gegen den Tod gab es noch eine Chance, vielleicht sogar mit der hübschen Krankenschwester. Dann mußte er aber mit allen seinen sonstigen Gewohnheiten brechen. Nach kurzem Nachdenken hatte er sich zum Kämpfen entschlossen. Jetzt oder nie! Ihm gingen tausend Dinge durch den Kopf, die Eltern, die Schule, der Beruf, und dazwischen hörte er immer seine eigenen Worte, du mußt kämpfen, sonst bist du verloren. Dann wurde er wieder müde, eine andere Stimme flüsterte ihm zu, warum sich sträuben, es ist gleich zu Ende. Dann sah er vor sich die hübsche Krankenschwester. Sie winkte auf geheimnisvolle Weise. Dann beugten Krankenschwester und Oberarztes sich über ihn. Er konnte beide sehen. War das alles ein Traum oder Wirklichkeit? Er schlug die Augen auf und wußte nicht, wo er war. „Bin ich tot?", fragte er. Die Schwester lächelte. „Nein, sie sind am Leben." Der Oberarzt lächelte jetzt auch: „Sie haben es geschafft. Die Krise ist überwunden!" „Wenn Sie nicht wären, hätte ich den Kampf nicht aufgenommen", wandte er sich an die Schwester. „Da, haben Sie ja einen besonderen Verehrer gefunden", sagte der Oberarzt zur Schwester. „Das erste Mal, daß ich gekämpft habe," wandte sich der Patient an die Krankenschwester. Sie lächelte. Nach einer Weile nahm er sich wieder neuen Mut und fragte sie: „Würden Sie nach meinem Krankenhausaufenthalt mit mir essen gehen?"„Ja", sagte sie und schaute ihn schelmisch an. Heute sind die beiden seit einem Jahr verheiratet. Er hat das Kämpfen gelernt und es seitdem nicht mehr verlernt.

Wenn Du mich liebst

„Wenn Du mich liebst, dann machst Du das, unterläßt Du das", so waren immer ihre Worte gewesen, wenn sie erreichen wollte, daß er sich nach ihr richtete, ihren Wünschen folgte, ihren Launen nachgeben sollte. Und meistens hatte er sich danach gerichtet, hatte ihren beinahe erpresserischen Forderungen nachgegeben. Widerwillig zwar und oftmals gegen seine Überzeugungen hatte er sich gefügt. Immer wieder hatte sie ihn mit diesem dahingeworfenen Satz provoziert, ihn fast zur Weißglut gereizt. Oft hatte er sich vorgenommen, sich dieses Mal nicht zu fügen, aber jedes Mal war er wieder schwach geworden. Immer hatte er Angst gehabt, sie werde sich von ihm entfernen, mit ihm Schluß machen. Er liebte sie aufrichtig, aber bei ihr war er sich nie sicher. Dieser dauernde Druck bei kleinsten Entscheidungen hatte ihn unsicher gemacht. Konnte das Liebe sein, fragte er sich manchmal. Würde Sie nicht davonlaufen, wenn sie jemanden kennenlernen würde, der sich noch mehr ihren Launen unterwerfen würde, ihr mehr bieten konnte? Und eines Tages kam es, wie er es befürchtet hatte. Sie erklärte ihm, es sei aus, sie habe einen anderen Mann, den sie liebe. Er hatte sie am Anfang mehrfach angefleht, bei ihm zu bleiben oder sich das Ganze noch einmal zu überlegen. Er wäre auch bereit, so beschwor er sie unterwürfig, notfalls gegenüber dem neuen Mann zurückzutreten, wenn sie nur ab und zu Zeit für ihn hätte. Sie lehnte das Ansinnen rundweg ab und erklärte ihm, es sei vorbei und das müsse er akzeptieren. Verzweifelt hatte er sich zu Hause eingeschlossen. Sein Leben schien ihm verpfuscht zu sein. Er sah keinen Sinn mehr. Die Zukunft, seine Zukunft mit ihr, war vorbei und damit jede Freude für ihn für alle Zeiten. Das ging jetzt schon vier Monate so und die Versuche der Eltern, der Geschwister und der Freunde, ihn zu trösten, waren vergeblich. Im Beruf war er ebenfalls lustlos, es ging nicht voran.

Gestern hatte er eine neue Aufgabe zugewiesen bekommen, er sollte in seiner Eigenschaft als Computerfachmann in Spanien, genauer gesagt in Pamplona, bei einem Unternehmen der Autozulieferer-Industrie die Software entwickeln. Zunächst hatte er sich gesträubt, heute war er mit dem Flugzeug auf dem Wege. Während des Fluges dachte er über sich und seine verflossene Liebe nach. War es wirklich Liebe gewesen. Hatte er sich nicht nur etwas vorgemacht? Je mehr er darüber nachdachte, desto klarer sah er. Es war eine rein einseitige Angelegenheit. Er liebte sie und akzeptierte sie deshalb, so wie sie war. Sie aber fühlte sich als Herrscherin, die sich ab und zu gnädig zu ihm herunterließ. Ihm wurde immer wohler, je nüchterner er die Zeit mit ihr analysierte. Er verrichtete seine Arbeiten in Spanien nicht nur zur Zufriedenheit der Auftraggeber und seines Chefs, die Tätigkeit machte ihm auch wieder Spaß. Er hatte nette Leute dort kennengelernt, mit denen er abends essen- gegangen war. Sie hatten nett miteinander geplaudert. So unbefangen hatte er seine Zeit schon lange nicht mehr verbracht. Er war ausgeglichener geworden und die verblühte Beziehung spielte auch keine große Rolle mehr. Es versetzte ihm keinen Stich mehr in der Herzgegend wie in der Vergangenheit. Auch zu Hause hatte er wieder mit seinen Freunden Kontakt aufgenommen und war mit sich und seiner Umgebung zufrieden. So ging das jetzt schon eine geraume Zeit. Eine neue Freundin hatte er noch nicht, er hatte zwar mit einigen Frauen Kontakt, wollte sich im Augenblick aber nicht fester binden. Da erhielt er gestern Abend einen überraschenden Anruf seiner ehemaligen Lebensgefährtin. Sie wollte sich heute mit ihm treffen. Er sagte zu und ging dem Treffen mit gemischten Gefühlen entgegen.

Sie trafen sich gegen halb vier in dem Café, in dem sie sich früher immer verabredet hatten. Sie erzählte ihm, daß die neue Verbindung beendet war. Sie hätten nicht zusammengepaßt, erklärte sie. Er würde nur den eigenen Vorstellungen nachgehen, sie und ihr Wünsche nicht berücksichtigen. Dann ging sie auf ihr Anliegen ein. „Wir,", begann sie, „haben uns doch in der Vergangenheit immer gut verstanden, wollen wir es nicht noch einmal miteinander versuchen?" Er war zunächst überrascht, überlegte dann kurz. Dann lächelte er: „Weißt Du, ich glaube, das ist keine gute Idee. Wir sind zu unterschiedlich und doch zu ähnlich. Du möchtest gerne bestimmen und ich auch. Kompromisse gab es bei uns nie. Außerdem hält ein zerbrochener Krug, der wieder geklebt wurde, nicht das Wasser." Damit stand er auf, gab ihr einen Kuß auf die rechte Wange, schritt zur Theke, bezahlte die Getränke und verließ mit einem Lächeln, wobei er ihr kurz zuwinkte, das Café.

Welcher Tod war schlimmer?

Er fragte sich im Stillen, warum sie nicht wetteiferten, welcher Mann besser für sie gesorgt hatte, damit sie heute sorgloser leben könnten?" Es war wie jeden Tag im Altenheim. Die drei Frauen saßen beim Mittagessen und unterhielten sich über wichtige Probleme, d.h. was für sie wichtig war. Meistens drehte es sich um die Krankheiten der älteren Damen und natürlich der anderen Insassen des Heimes. Die nächtlichen Malaisen der Tischgenossinnen waren abgehandelt, alle neuen Liebesbeziehungen im Heim, alle möglichen und unmöglichen Beziehungsgeflechte waren bereits durchdiskutiert worden. Jetzt waren sie beim Tod ihrer Ehemänner angelangt. Grundthema der Diskussion war, welcher der Ehemänner den schrecklichsten Tod gefunden hatte. Eigentlich war auch dieses Thema nur vordergründig von Bedeutung, es kam weniger darauf an, welcher Mann zu Lebzeiten mehr zu leiden hatte. Vielmehr war es allein wichtig, welche Frau sich eines derartigen schlimmen Todes ihres Partners berühmen konnte. Und da ging es richtig zur Sache, Krebs, Gehirntumor, Herzinfarkt, Leberzirrhose und alle sonstigen grausigen Krankheitsbilder wurden in die Waagschale geworfen. Da wurden langjährige Krankheitsbilder, die schrecklichen Begleitumstände, die Schwierig-keiten bei der Pflege im Krankenhaus und zu Hause, die Beeinträchtigung der Familie und die Finanzen angeführt. Das schien wohl die Frauen am meisten zu beschäftigen. Wie dem Patienten seinerzeit zumute war, stand hier nicht zur Debatte. Überhaupt spielten ihre ehemaligen Ehemänner keine Rolle als Subjekt, sie waren nur Gesprächsgegenstand. Nach langer Auseinandersetzung stand es mehr oder weniger fest, daß die alte Frau, die ihren Mann nach Lungen-, Bauchspeichel-drüsen- und Nierenkrebs verloren hatte, Siegerin vor der Frau, die ihren Mann nach langer Krankheit durch einen zweiten Hirnschlag mit Koma-Phase verloren hatte. Das Schlußlicht bildete die Frau, deren Mann nach einem schlichtem Herzinfarkt innerhalb einer Stunde gestorben war. Jetzt, nachdem die Reihenfolge unter den drei Damen festgelegt war, konnte man beruhigt den Hauptgang zu sich nehmen. Der Tag war zumindest für die beiden Sieger gerettet. Nur die letzte war etwas betrübt. Ein derartig unkomplizierter Tod! Er hätte doch etwas mehr Rücksicht auf sie nehmen können, dachte sie still.

Ewige Ruhe

Der Pfleger hatte sein Bett zum Fenster geschoben. Vor ihm lag der blaurote Himmel. Es war wunderschön., die letzten Strahlen der Abendsonne hatten die wenigen weißen Wolken mit luftigen rosa Rändern überzogen. Die Luft war klar und flimmerte. Der Fluß vor den graublauen Hügeln schimmerte silbern. Alles strahlte eine melancholische Ruhe aus. Ach, würde doch dieser Augenblick nie zu Ende gehen. Ein Gefühl von Ruhe und stillem Glück überkam ihn. Er spürte die stechenden Schmerzen nicht. Sein Gesicht strahlte im letzten Schimmer des Tageslichtes, sein überirdischer Blick schaute in die Ferne. Die Schwester, die leise sein Zimmer betreten hatte, betrachtete ihn zunächst verwundert, dann richtete auch sie ihren Blick in die Ferne. Auch sie war gefangen von dieser Stimmung aus Glück und Traurigkeit. Das Zimmer, die Gegenstände, verschwanden im roten Himmel, gegen den sich die Bäume am Fluß, die Menschen als Silhouetten abzeichneten. Wenn man in dieser Stimmung ewig leben könnte, ging es ihr durch den Kopf, oder wenn alle Leiden so enden könnten.

Das Licht wurde allmählich fahler, die Kälte kroch unaufhaltsam ins Zimmer. Sie wollte gerade das Fenster schließen, als sie zum Patienten blickte. Er lag flach im Bett, sein Kopf war niedergesunken. Ein stilles, wissendes Lächeln überzog sein Gesicht. Er schien eingeschlafen zu sein. Sie trat näher, es stimmte, er schlief für immer.

In dieser Reihe erschienen:

Titel:	ISBN
1) Auf Schienen von Peking nach Moskau	3-9800487-1-3
2) Medea in Mittelasien	3-9800487-2-1
3) Sarkasmus pur	3-9800487-3-X
4) Einmal einfach Chongqing-Wuhan	3-9800487-5-6
5) Radio Eriwans neues Wörterbuch	3-9800487-0-5